石田夏穂

黄金比の縁《えん》

集英社

黄金比の縁

りんかい線の緑を見ると、今年もこの時期が来たかと身が引き締まる。普段の電車は京葉《けいよう》線の赤だ。平日午前六時の車中は座れないほど混んでいたが、大荷物の私は立ったままのほうが気楽だ。開かない側のドアにじっと身を寄せ、そのうち東京湾が覗《のぞ》けた。

国際展示場駅に着く。大勢の乗客がホームに吐き出されるや、一斉に改札を目指した。私は斜め掛けにした一メートル強の黒い筒を垂直にすると、せっせと階段を上った。

東京ビッグサイト方面の改札には長い列ができており、交通系ＩＣの電子音が宙に忙《せわ》しない。列の進みは威圧的に速いが、絶えず後続が連なり一向に短くならない。

こうした光景に十年前は、皆サン同業者かと驚いたものだが、当時の私は東京ビッグサイトが海原のように広いことを、まだ知らなかった。今年度初の大規模合同説明会が実施されるとて、隣のエリアではスポーツ用品の展示会や同人誌《どうじんし》の即売会や骨董《こっとう》品のフリマといった催しが、別世界のように展開されている。

今日は他でもない三月一日だ。経団連《けいだんれん》ご指定の就活解禁日《かいきんび》である。

この時間だとまだ就活生の姿はなかったが、私はいつもの太い柱の前に立つと、ピンと背筋を伸ばし、太田《おおた》と中村《なかむら》を待った。我々は内定解禁日、即《すなわ》ち今年度の就活が事実上幕を下ろす六月一日までに、あと五回は東京ビッグサイトを訪れることになる。

私は週末に髪を切り、今朝は例年以上に凛々《りり》しい眉を描いた。今年度はこのスタイルで行くと決めた。本人としては天海祐希《あまみゆうき》を追求した結果である。

太田と中村は次の電車で来た。我々はおざなりな挨拶を交わすと西遊記のように東京ビッグサイトを目指す、けっこう長い旅路の人となった。

早春の寒空の下、黙然と歩を進める我々は（株）Ｋエンジニアリングの新卒採用チームだ。リクナビないしマイナビでエントリーする際は、Ｋエンジニ「ヤ」リングも別に存在するため注意していただきたい。ちなみに弊社は「前株」であることもここに注記しておこう。

チーム最年長の太田は採用担当にもかかわらず、これ見よがしのスキンヘッドだった。それも年季の入った類《たぐい》で、頭皮は艶消しの妙な質感を帯び、毛根の黒い点々が透けることもなかった。その反動なのか口髭《くちひげ》は常に蓄えており、人前に出る今朝などは手入れした形跡もあったが、口全域に生えているためミュージシャンか海賊のように見える。太田の身長は百九十センチ、体重は非公開だが推定百キロだ。今朝のようなどんよりした曇り空の日に細身のサングラスを着用されると、時にこちらを二度見する視線に出くわす。

私は何年か前に、このことを太田に指摘したことがあった。あの、お言葉ですが、どうしてもスキンヘッドと無骨な口髭は（太田さんだと）柄が悪い印象になってしまいますから、もう少し無難な風貌を志向されてはいかがですかと。太田の表現の自由を侵害することにはなるが、仕事なら太田もわかってくれるだろうと思った。何より我々自身が就活生の身なりに異常なほどうるさい。私はせめて、太田が堅気の採用担当に見えることを望んだ……今朝の気温は、摂氏五度だ。前を行く裸の頭部は目にも凛然《りんぜん》としている。

太田はゴロゴロとカートを牽引《けんいん》する。カートには二段にした段ボールが積まれ、中にはKエンジのパンフレット六百部が詰め込まれている。中村も同じ荷物の担当で、耳に二つのゴロゴロ音が重なる。私の荷物はプロジェクターとPCとポスター一式だ。一見カートより身軽だが、ゴロゴロできないためこれらは三十七歳の肩に容赦なく食い込む。プロジェクター本体はまだしも付属のアダプターや台座が重いのが癪《しゃく》だった。

やがて、右手方向に東京ビッグサイトの唯一無二のシルエットが現れる。すると「ああっ」と叫び声が聞こえ、ゴロゴロの和音が独奏になった。振り返ると立ち往生する中村と、散乱した荷物が。段ボールをカートに固定する紐《ひも》が外れたらしい。

幸い、段ボールの中身が地面にバラ撒《ま》かれることはなかった。それを確認すると私は見なかったことにしようとしたが、ここは流石《さすが》に手を貸したほうがよかった。残念ながら、この「窮地」を中村一人の力で打破することはできない。打破と言えど、まずコロのストッパーを下ろし、カートを地面に自立させ、投げ出された段ボールの秩序を取り戻し、正しい紐の縛り方で再固定し、コロのストッパーを上げ、内心では照れながら何事もなかったかのように前進するだけの話だが、この一連を、中村が完遂できるとは思えなかった。

案の定、中村はあわあわし、誰かが助けに来るのを待っていた。私は慎重にプロジェクター一式を下ろすと不本意ながら地面に跪《ひざまず》いた。太田は「ああっ」に振り向きもせず、一歩ごとに遠ざかった。

紐の結び方が甘かったのだろう、こうした点、中村は何と言うか、お坊チャンだった。実用的な紐の結び方など中村から最も遠いところにあるのだろう。私は去年の合説で事後に中村が丸めたポスターを思い出した。まだ出番を控えているというのにチャンバラでもしたのかという有様だった。

中村が新卒採用チームに加わったのは二年前の話だ。元は「ビジネス・ソリューション・グローバル・エンゲージメント・マネジメント部」という正直よくわからん部署にいたが、この異動は実は出世コースの一環で、Ｋエンジでは幹部候補には必ず数年間の人事部経験を積ませる。そのため私からすると何ら突出したところのない中村だが、そんな出世コースとは無縁の私とはまるで身分が異なるのだった。

中村は太田とは違い典型的な爽やか採用担当、もとい「会社の顔」といった風情だ。どういう張り切りか先ごろ歯をいきなりホワイトニングし「私、二週間はコーヒー飲めません」などと言った。崩れた段ボールを前に、そのため歯だけが不自然に白かった。

私も他人の荷崩れなど無視したかったが、曲がりなりにも我々はチームだから、天竺《てんじく》には三人で到着しなければならない。私は引っ越し屋のように「ザ・絶対に荷崩れしない紐の結び方」を実演し、中村に「来年も採用担当やるならよお見とけよ」と背中でメッセージを発しつつ、どうせ私の手許《てもと》など見てないのだろうなと思った。じじつ中村は「今時パンフレットとか古いんですよ」とか「紙だと環境負荷も大きいですしね」とかうるさい。私が立ち上がった時、太田の後ろ姿はかなり小さくなっていた。

なに、太田の一等賞には何の意味もない。それを見せないと中に入れない「関係者パス」は、生憎《あいにく》三枚とも私が持っている。私は荷物をしょい直すと一転、のんびりと歩いた。平安貴族をイメージしながら弥生の空気を味わう。鍵を忘れた小学生のように、せいぜい受付の前で待っていてくれ。

＊　＊　＊

私が新卒採用チームの一員になったのは、今から十年前のことだ。チームの面子《めんつ》は数年おきに入れ替わるが、今では私が最古参になった。私の本来の所属は人事部ではなく「プロセス部」だった。それも花形の「尿素・アンモニアチーム」にいたのだ、私は。

Kエンジは工場《プラント》の設計を請け負う会社だ。俗に言う「エンジニアリング会社」の一つだが、数ある化学製品の中で、最も得意とするのが尿素・アンモニアだった。尿素・アンモニアと一括《ひとくく》りにされるのは、両者が一連の製造過程に乗るからだ。どちらも窒素「N」の化合物である。その製造過程、もとい化学「プロセス」は、まず空気から「N」を取り出すことから始まる。「N」は炭化水素ガスから取り出した水素「H」と反応し、そこからアンモニアが生まれる。ハーバー・ボッシュ法、別名「空気からパンを作る方法」だが、これがパンになるのは続けて尿素を製造するからだ。アンモニアを再び炭化水素ガスと反応させると尿素が生まれ、これが肥料の原料になる。よって尿素とアンモニアはセット扱いなのであり、じじつ世に尿素ないしアンモニア単独のプラントというのはあまりない。炭化水素ガスを使い回すこともあり、セットにしたほうが経済的なのだ。

そういう化学反応の設計を担うのがプロセス部だった。これはプラント設計の最上流に位置し、後の詳細設計は全てプロセス部の基本設計に則《のっと》って遂行される。どの会社にも「最もデカい顔ができる部署」はあるものだが、それはKエンジなら間違いなくプロセス部だ。ライセンスにせよ特許技術にせよ、下流の詳細設計はやろうと思えば外注できるが、プロセス設計だけは余所《よそ》の会社にはできない。

と、私がやたらプロセス部を美化するのは、自分がそこから追い出された身だからだ。隣の芝生は青く、逃がした魚は大きい。さも当事者のように語りはするが、私はプロセス・エンジニアのスタートラインにすら立てなかった。私が同部に在籍したのは二年に満たなかったのだ。

十二年前、Kエンジに入社した私は希望の部署とチームに配属され、かなり嬉《うれ》しかったはずだ。大学の専攻は学部も院もコテコテの有機で、この配属は願ったり叶《かな》ったりだった。「N」とか「H」とか「C」とか「O」とか、私はもともと化学《バケガク》が好きだった。

バケガクは嘘《うそ》っぽい話から始まるところがいい。例えば水はH_2Oと言うが、水は水であって、H_2Oは話だけだと詐欺かもしれなかった。何せ直に見えるわけじゃないから、そこにはどうしたって胡散《うさん》臭さが混ざる。化学式などはあまりに明快で、話がデキ過ぎているから詐欺っぽさはいや増す。だから、その正しさが実証されると驚く。ああ、これは本当の話だったのかと。フィクションが実はフィクションじゃなかった時の不意打ち。見事な手品だった。

確立した化学反応ならば、欲しい化合物の量から逆算すると、それは必ずと言っていいほど正確無比に得られる。一度として直に見えたことがないにもかかわらず、信じ難いほど思い通りになる。それが、面白いのかもしれなかった。錬金術師がハマるのもわかる。そのうち「直に見えない」は、どうやら間違いであることに気づく。H_2Oは概念でも何でもなく、実際に指の間を透明に流れる。ちゃんと目を養えば、その見た目は確かにH_2Oなのだ。

当時、私はプロセス・エンジニアとして、まだ誰も知らないプロセスの開発に携わりたいと思った。それこそ創業以来Kエンジが標榜《ひょうぼう》しているように「エンジニアリングの力で」僅かでも人類に貢献したいとも……当時は本当にそう思っていたのだ。そして、ある誠にしょうもない出来事のために、そんな未来にはあえなく終止符が打たれた。

　私の入社した頃、社内に「チャットボット」が導入された。アップルの「シリ」のように、疑問を口にしたらＡＩが答えてくれるアレである。例えばチャット欄に「通勤経路が変わった」と打ち込めば必要な申請を案内してくれる。「年末調整わからん」でも「扶養家族が増えた」でも「フレックスは何時から」でも「ボーナスの支給日」でも「年休の残日数」でも、何でもござれだった。Ｋエンジは従業員千人規模である。烏合《うごう》の衆が千人もいるとあちこちから質問が湧き、ヒューマンの担当者は疲労困憊《ひろうこんぱい》するのだ。

　そんな有能なチャットボットには名前があり「マドカちゃん」と言った。「シリ」は例外だがチャットボットは擬人化されることが多い。「マドカちゃん」も私の入社する一年前に社内公募で決まったものだった。

「マドカちゃん」の容姿容貌に、私の正面に座した吉岡《よしおか》様は、はっと顔を顰《しか》めた。

　それは、たまたま弊社のチャットボットが話題に上った時だった。さすがＫエンジさん、どういう感じなんでしょう？　と、問われた私は何の疑いもなしに会社のパソコンを半回転させ、その画面を吉岡様に見せた。我々はさる重要な打ち合わせを終えた後で、双方のお偉いサン方はとうに応接室を辞し、末席同士だった我々は、会議で使った資料の遣《や》り取《と》りと議事録作成のために、その場に残っていたのだ。

社内の常識は世間の非常識、とはよく言われることだ。私も今なら何かしら思うのだろうが、当時は何とも思わなかった。デフォルトの「マドカちゃん」は猫耳、尻尾、年中ビキニの妙齢のお姉サンだった。『うる星やつら』の「ラムちゃん」をもう三歩色っぽくした感じで、仮に何か思うことがあるとすれば、盗作で訴えられるんじゃないかと懸念したくらいだ。

和気藹々《わきあいあい》と話していた吉岡様が急に絶句してしまったので、私は「？」と画面を見、しばしの後に、ああ、と事態を悟った。師走のことで「マドカちゃん」はサンタクロースの被《かぶ》り物《もの》をしていたが、その反動なのか、普段より露出度が高かったのだ。Ｋエンジでは見慣れた光景だが社外者には刺激が強かったかもしれない。私は身内の失態を見られたような恥ずかしさを覚えると「こういうの、アレですよね、何と言うか、昭和っぽいですよね」と、何とか取り繕った。そして、その場は私の巧みなフォローにより、吉岡様の苦笑いで以《もっ》て収束したはずだった。が、幸か不幸か、吉岡様は、それはそれは現代的なお役所の方だった。これは……不幸だったろう。

末席の吉岡様も含め、先方は経産省の再生エネルギー部門の方々だった。本来なら弊社が霞《かすみ》が関《せき》に出向くところを、新興の部門だからフットワークが軽いのか、わざわざ弊社までお越しになったのである。もちろん話し合われたのは「次世代エネルギー」のことで、打ち合わせの雰囲気からしても、先方が弊社に期待を寄せているのは明らかだった。

以後の経緯は直には知らないが「マドカちゃん」のことは、行政のさる部門の耳に入ったらしい。翌月の年明け、区の何とか共同参画センターから弊社にクレームの電話が入った。「マドカちゃん」のデザインが「時代に即さない」と言うのだ。

だが一民間企業のやることだろ？　どんなキャラクターを起用しようが干渉される筋合いはねーよ……それは正論かもしれなかったが、しかし、このクレームを端《はな》から舐《な》め切り相手にしなかったのは、弊社広報部の大失態と言えた。行政の人間には決して無礼を働いてはならない。たとえ相手に肩書がなくても。

弊社の「ぞんざいな」対応は世に拡散し、そのままヤフーニュースで炎上騒ぎになった。Kエンジにとって、これは不名誉以外の何物でもない。何しろ「世界をエンジニアリングの力でリードする」とか「エッジ・オブ・イノベーション」とか「サステナビリティの実現」とか、日頃から何の臆面もなく「先進性」を世にアピールしまくっていたのだ。

当初、本件は対岸の火事だった。ところがヤフーニュースを読むに至り、私は他《た》人事《にんごと》を貫けなくなった。どう話が変形したのか、発端は「同社女性従業員による内部告発」となっていたのだ。心当たりは……あった。思わずはっと背筋を正した。その瞬間まで、よもや自分に関係あるとは夢にも思っていなかった。

ヤフーニュースの翌日に出社すると、企業用の仰々しい門松の脇にはワイドショーの一団がいたが、社内では既に「社外者からの質問には一切応じるべからず」との箝口令《かんこうれい》が布《し》かれ、その日は皆黙って裏口を使った。広報部は二週間ほど、火消しに奔走したらしい。「マドカちゃん」はいつの間にか「K太郎くん」という「星のカービィ」に酷似したキャラクターに入れ替わっていた。

世間の集中砲火もさることながら、最も痛手を被ったのは株価だ。再生エネルギーの機運に十数年振りに上向きかけていた株価が元の低空飛行に戻ってしまったのである。これは株式会社、それも度重なる事業の大コケの末、今年度で株主への無配当が十年目を数える企業にあって、かなりヤバい事態と言えた。これには弊社のパッとしない社長がいきなり日経新聞のインタビューに応じ、いきなり自社の「ダイバーシティ」っぷりを存分にアピールすることで鎮火を図ったが、たぶん効果はなかった。

とまれ、世間の目は忙しないものだ。三週間もすると非難囂々《ひなんごうごう》は鳴りを潜め、普段の生活に戻った。いっぽう世間の関心が薄れるにつれ、社内では「誰がリークしたのか」が日ごとに話題になった。総務の林《はやし》か、土建の清水《しみず》か、財務の高橋《たかはし》か。「女性従業員」の割合が全体の五パーセントに満たない会社だ。私も含め「女性従業員」はほぼ全員が容疑者になったと思う。「思う」というのは当事者故に、そうした噂話《うわさばなし》に本人が加わることはなかったからだ。

私は疑心暗鬼になった。この騒動は「何と言うか、昭和っぽいですよね」が拡大解釈された結果だというのか。私は直接吉岡様に問い合わせることもできたが、そうはしなかった。藪蛇《やぶへび》だと思ったのだ。まだ他の人が「リーク」した可能性も十分にあると思い、素知らぬ顔で、業務に没頭し続けた。

犯人は意外な口から告げられた。騒動から二か月が過ぎた頃、私は田中《たなか》プロセス部長に呼び出され、咄嗟《とっさ》に声が盛大に裏返った。総勢百名のプロセス部、それも軍隊さながらの縦割り体制にあって、若手のぺーぺーが部長から名指しされることはない。

別室に入ると「来年度から人事部に異動」なる衝撃の辞令を告げられた。人事部？　あまりの畑違いに絶句した。

表向きの理由は「人員調整」だった。プロセス部員は余っているが人事部員は足りていない。私に白羽の矢が立ったのは「女性は人事部のほうが活躍できる」から。

「そっちのほうが女性ならではの視点を活《い》かせるでしょ？」

は？　私はみみっちい抗弁を試みたが、そんな気概は呆気《あっけ》なく削《そ》がれた。

「あのね、会社の不利益になる人間は、ウチの部署には置けないんだよ」

最初こそ「人員調整」と切り出されたが、こうなるとはっきり断罪されたも同然だった。だった。私の抗弁が続かなかったのは、部長の言うことがストンと腑《ふ》に落ちたからだ。プロセス部は特別な部署だ。部員を厳選するのは至極当然である。そこには奇妙な納得感もあった。あの「同社女性従業員」は、やはり、私のことだったのだ。田中部長が「会社の不利益」と口を滑らせたのは、そういうことだろう。

自席に戻ると泣きそうになった。余程この不当辞令を第三者に訴え出ようかと思った。それこそ何とか共同参画センターなどに。しかし、私はもう社外者と関わるのはこりごりだと思った。どちらにしても、もうこの部署に私の居場所はないのだ。

呆然《ぼうぜん》と荷物をまとめ、その日のうちにプロセス部を去った。かつてないハードな経験だった。当時の私はまだ入社二年目で、そんな産声を上げたばかりの社会人ベイビーに、何事もなかったかのように机を綺麗《きれい》にする以外、どういう意地が示せたというのか。他に私が示した意地があったとすれば、そのとき会社を辞めなかったことくらいだ。

この秘密裏に行われた犯人探しは、当事者たる私に一切の事実確認もせず終わった。ああ、吉岡様。あいつにチャットボットの画面など見せなければよかった。私はあらゆる機会を失うことになった。これからが本格化するところだった再生エネルギーの案件からも、永久に蚊帳の外となった。

人事部。自分から最も遠いと思っていた部署だ。人事部に行くくらいならいっそ懲戒解雇にされたほうがマシだった。「人」にまつわる「事」に何の遣《や》り甲斐《がいみ》も見出《いだ》せない。こんなの私の仕事じゃないと思った。

人事部はとにかくフワフワしている。以前、私はこう訊《き》いたことがあった。有給の取得に月の上限はありますか？ ある人事部員Aは「ある」と答え、それは「月にマックス十日間」だ。ところがBは「ない」と答え、この問題はフェルマーの最終定理なみに混迷を極めた。結果「全就業規則を洗い直し」月の上限は「ない」ことが証明された。曲がりなりにも「東証一部」の「大企業」で、こんなことってあるか。新米ながら、これには驚いた。

給与計算もフワフワである。あるとき連絡が入り、私の過去三か月分の「休出（休日出勤）」が支払われていなかったことが判明した。三十万円ほどだ。私は「えー」と思い、その所感を上司に伝えた。すると「そんなのあるある」だと言う。ウチの人事はテキトーだからねー。以降、私は給与明細を毎月査読している。その頃になると、人事部が出世ルートの「寄り道」であると同時に、主たる「左遷先」であることが私にも知れた。さもありなん。やつら、やることなすことフワッフワなのだ。

と、私は人事部員になった。傍目《はため》にも不貞腐《ふてくさ》れていたはずだが、幸か不幸か、私は全く冷遇されなかった。皆サンとっても落ち武者に優しい。会社を一身に背負うピリピリなプロセス部とは違い、こんなところもフワフワ仕様なのだ。

窓から見える光景に、私は面食らった。あまりに地面が近く、それも人事部は正面口の真上にあるため見たくもない人の往来まで見える。再び涙が落ちそうになった。従来そこには都心のビル群が広がっていた。異動してからというもの私は本社の最上階に位置するプロセス部には二度と近寄らなかった。

十年前の話だ。今や社内でも私が元プロセス部員だと知る人間は絶えた。目下、私は「人事の小野《おの》さん」で通り、この「人事の」という枕詞《まくらことば》は「ミスターこと長嶋《ながしま》」のように私にバッチリ定着している。「K太郎くん」も従業員に親しまれ、今の若手は知らないであろう「マドカちゃん」の役目をバッチリ引き継いでいる。ちなみに私は一度もチャットボットを使ったことがないが、それは決して反発心からではなく、新卒採用チームとて人事部の人間だから、チャットボットで遣り取りされるような会社のクソ細けえ諸ルールなどは、およそ頭に入っているのだ。

どういう情報操作があったのか、私は自分の意志で人事部に異動したことになっていた。それは悲しいほどに、もっともらしいストーリーだ。やっぱり女の人にプロセス部はきついよねえ。バリバリの仕事人間になっちゃうし、もろもろの「ライフイベント」を考えると女の人には難しいよねえ……人間はいかにもありそうな話には異様なほど疑いを挟まないものだ。アハハと笑う人事部長の目に、私はマッチョな男社会から予定調和で落伍《らくご》したカ弱きオナゴに見えたのだろう。

これといった理由もなしに、私は「新卒採用チーム」に配属された。

小野さん、頼むよ。人事部長は私の肩を叩《たた》いた。女性ならではの視点を期待してるよ。女性ならではの視点。皆が皆、私に同じものを期待するのだ。

＊＊＊

東京ビッグサイトの東展示棟に立つ。もう十年間通い続けるお馴染《なじ》みの地だ。Kエンジのブースにお越しになった三十人強の就活生を前に、今から太田が会社説明を始めるところだった。会社説明は三十分おきに実施され「プレゼンター」は太田、私、中村の持ち回りである。

午前十時に開場するや、入口から波のように黒い就活生が押し寄せた。Kエンジのブースは可もなく不可もない位置にあったが、早速人が集まる集まる。例年三百を超えるブースの中から鮭《さけ》の産卵さながら真っ直《ま》ぐ《す》Kエンジに来る就活生は、まず弊社が第一志望と見て間違いなかった。やはり早い時間に来る就活生は、午後に何となく空いてたパイプ椅子に座りました、みたいな就活生とは気迫が違うのだ。

二十脚のパイプ椅子は直ちに満席になり、一部は立ち見になった。昨年度より明らかに弊社の注目度は高い。私はパーテーション越しに四方の同業者のブースを窺《うかが》った。およそKエンジに応募する就活生はあのM化工とH重工にも応募する。私も十三年前に両社に応募して落ちた。なるほど向こうも満員御礼だったが、しかし、立ち見まではいなかった。

数年前からKエンジはじわじわ就活生の注目を集めるようになった。左様、脱炭素である。SDGsである。昨今の周到に業界研究する就活生は、これからアンモニアが盛り上がることを知っている。元より尿素・アンモニアを強みとするKエンジだが、グリーンアンモニアにせよブルーアンモニアにせよ、脱炭素は今や国策であり、ここに風向きは弊社に追い風である。いっぽう対抗馬のM化工とH重工はどちらかというとリファイナリー、もといクラシックな石油精製の方面に強い会社で、これは一般に反ＳＤＧｓとされる。

　本日一発目の会社説明まで、残り三十秒。スクリーンの脇に立つ太田は終始ニコニコしていた。太田の笑顔は就活生の前でしかお目に掛かれない。スキンヘッドが灯台よろしくプロジェクターの光を反射する。

「皆さん、おはようございまあすっ」

　きっかり午前十時十五分になると、太田が時報のように声を張り上げた。体操のお兄さん顔負けの高いテンションである。太田はまず第一に、多忙を極めるなかＫエンジのブースにご足労いただいたことに対し、就活生に厚く礼を述べた。このとき一部の就活生と気さくな雑談を演じていた中村が「ほら、始まったぜ」的に合図すると、ようやく太田に向き直った。就活生相手に先輩風を吹かせるのはお得意であった。

　太田は会社説明の場になると、コロ助《すけ》にソックリな黄色い声になる。語尾が「ナリ」ではないのが却《かえ》って不自然なほどだ。下らないが、これは何度聞いてもマイルドにウケ、結果、私は太田がプレゼンする間《かん》、常に聖母のように微笑《ほほえ》んでいる。

「皆さん、この会社説明が終わったら、是非このQRコードからアンケートに答えて下さいねっ」

冒頭に抜かりなく周知。「アンケート」というのは真っ赤な嘘で、さっそく個人情報を吸い上げるのだ。このコロ助のお願いに早くもスマホをかざしている就活生もいる。

「私たちエンジニアリング会社は工場も資機材も持ちません。人が、唯一の財産です。そのため私たちの会社では人『材』とは書きません。人『財』と書きますっ」

とのコロ助の説明に、私は若干鼻白む。この謳《うた》い文句、さも弊社オリジナルのように言うけれど、結構どの会社も言うんだよなあ。だが同じ台詞《せりふ》を私も三十分後に口にせねばならないのだから、あまりシニカルになるのはよくない。自分の番が近づくと、私は小さく咳払《せきばら》いした。


Kエンジの選考手順《プロセス》は世間一般のものだ。ES《エントリーシート》、一次面接およびグループディスカッション、二次面接、最終面接、以上。ESは応募用紙のようなもので、余程の誤字脱字、ないしあからさまな冷やかしでなければ次の一次面接に通す。例年千と少しのESが集まり、そこから五十前後を採用することになる。

一次面接では応募者を四分の一に絞り、二次面接ではさらに半数に絞る。そして二次面接を突破した百前後の応募者は最終面接に臨むわけだが、Kエンジの最終面接は十分程度の顔合わせに過ぎず、突然ナイフを振り回すとか余程のことがない限り、二次面接に通れば事実上内定である。巷《ちまた》の就活掲示板にも「Kエンジは最終まで行けば内定確実」とまことしやかに書き込まれている。

そうして六月一日に一斉送信される、内定通知メール。その宛先は百前後だが、ここから内定者との心理戦が始まる。内定辞退の割合は例年四から六割だ。えっ、そんなに辞退されるの？　と、はじめ私は驚いた。あれほど選考に時間を掛けたのに、こうもあっさりフラれるのかと。しかし慢性的な売り手市場にあって、これは何もKエンジに限った話ではなかった。いずれ枠は五十のため、百に内定を出しておけばいいのだ。

採用担当として、最大の鬼門は一次面接だ。他の会社はいざ知らず、この一次面接に携わるのは採用担当の三人だけなのである。二次面接では各部の管理職クラスにも面接官になって貰《もら》うため、採用担当はレギュラーメンバーからは外れる。最終面接では建前上「社長および副社長」が面接官になるが、そんなのは絶対に無理なので、例年Kエンジに百人一首の如《ごと》くウジャウジャ存在する執行役員のうち暇な誰かにお出まし願う。単なる「顔合わせ」だから、どのオッサンでも構わないのだ。

一次面接では三人から五人の応募者を採用担当が一度に評価する。都合二百回超の面接をこなすことになるが、せいぜい一日に消化できるのは十回だ。そのため毎年三月下旬から五月のGWにかけ、採用担当は「面接会場」たる会議室に事実上缶詰めになり、この時期の時間外は優に百時間を超える。しかしこの時期がタフなのは、面接日程が詰まっているせいもあるが、それより「選抜会議」に時間を取られるからだ。

Kエンジの選考プロセスで最も高倍率《シビア》なのは、実はこの一次面接になる。もちろん「選抜会議」も採用担当の三人だけで行うが、ここで四人のうち三人に引導を渡す。一応「人事部長の下に公正かつ客観的な選考が行われる」ことにはなっているが、考えようによっては最も慎重になるべきこの局面において、その決定権は、何でもない三人の平社員が握っているのだ。

そんな「選抜会議」は、めっちゃ密室で行われた。それも朝から立て続けの面接をくぐり抜けた午後八時などに。三人はことさらに渋い顔を装いながら、頭の半分は（今日も疲れた……）に占拠されている。そこに人「財」を選ぶに足る判断力が残されているかは神のみぞ知るだが、いずれ、今年もこの残業百時間超えのヘロヘロ三人衆の肩に、Ｋエンジの未来は託された。


先の合説から四週間が過ぎた夜、我々は「選抜会議」の真っ只中《ただなか》にいた。

「次は土屋《つちや》さんですね」

てんでに資料を捲《めく》る。参照するのは履歴書とＥＳと「評価シート」なるエクセルだ。

「私、土屋さんはすごくいいと思いました。私の評価シートだと松尾《まつお》さんよりハイスコアなんですよ。やっぱり人は学歴じゃないですよね……」

中村は土屋推しだった。「評価シート」は今から五年前に「公正かつ客観的な評価を下す」ために導入されたもので、履歴書とＥＳでは推し量れない応募者の「為人《ひととなり》」を数値化するとされる。評価項目は「清潔な身なり」「ＴＰＯに即した服装」「潑溂《はつらつ》とした挨拶」「豊かな表情」「ハキハキした口調」「面接官とのアイコンタクト」「張りのある声」「わかりやすい話の構成」「他者の意見を尊重する態度」などで、全て面接中に五点満点で採点することになっている。が、現行メンバーで真面目にやっているのは中村だけだと思われた。

「いや、土屋はウチには向いてないよ。他の業界にも興味ある口振りだったし、あまり熱意を感じなかった」

就活生を前にしない太田は本来のドスの利いた声に戻った。やはり太田は土屋否定派か。

「そうですか？　私は強い熱意を感じました。我が社の沿革にも詳しかったし、あの試験的《パイロット》プラントの話もしてたじゃないですか」

「そもそも土屋はN大の教育学部だろ？　普通ウチの会社には来ないタイプじゃん。俺は絶対滑り止めだと思うね」

「いやいやいやっ、これからはそういう新しい人財もドンドン入れていかないといけないんじゃないですか？」

二人の見解は割れ、自《おの》ずと私の意見を待つ構えになった。私はPCを睨《にら》みつつ、その実いかなる文字も追わなかった。土屋の学歴も専攻も卒論ないし修論のテーマもサークルもアルバイトも趣味も特技も資格も留学経験もボランティアも志望動機も特記事項も、全部読まなかった。ただ紙の履歴書を見、そこにレ点はなかった。

「土屋さんは、落としていいと思う」

言うと「そうですかあ……」と中村は肩を落とし、そのまま引き下がった。中村の食い下がり率は六割程度だが、端から土屋を推す気概はさほどなかったと見える。ここに土屋の合否は決し、中村が土屋の履歴書を「不採用」の箱に移した。一分程度の出来事だった。

え、選抜の場って、こんなにフワフワした感じなの……？　と、はじめ私は相当な衝撃を受けた。「公正」も「客観的」も、その片鱗《へんりん》すら見受けられなかった。じじつ我々は土屋を不採用としたが、録音も何もしていないナマの話し合いで決まった以上、そこに至った証跡は何一つ残らない。私が受けた衝撃とは、そうした「仕事」とは呼べぬ素人っぽさだった。

私は新米なりに「一次選考は何というか、ザックリし過ぎじゃないですか？」と、当時の上司に所感を述べたことがある。上司は一定の理解を示しつつ「でも一次選考はとにかく数だから、あまり考え込んではイカンのだ」と言った。一次選考は

「走りながらやる」。そもそも一次選考で「公正かつ客観的」を期するのは無理だ。千の応募者全員と面接し終わった後に、然《しか》るべき評価軸で以て、その上位二十五パーセントを次に進めれば限りなく「公正かつ客観的」なのだろうが、それが叶わないのは、一次選考が二か月にわたり段階的に実施されるからで、最後の応募者Zまで待っていたら、最初のAは痺《しび》れを切らし、他社に取られる。就活生はナマモノである。欲しい就活生には直ちに連絡するのが採用担当の鉄則である以上、我々は何としてでも面接した当日中に判断を下し「合」の応募者には即座に二次面接の案内メールを出す。否、鉄則云々《うんぬん》以前に明日以降も応募者が列を成しているのだから、我々にチンタラする暇はないのだ。熟考したら自分らの首が絞まる。よって評価軸は自ずとフィーリング、もとい「経験値」とか「勘」に頼らざるを得ない。幾分フワフワしても、みすみす大きな魚を逃すよりはいいのだ。

続く松尾の議論はかなり長引いた。

「私はね、松尾さんは我が社に向いてないと思います。グループディスカッションで他のメンバーの意見に失笑する場面がありました。松尾さんは協調性に欠けます」

この仕事から何か学んだことがあるとすれば、それは、人間は所詮「自分っぽい」人間が好きだということだ。中村が推すのはいかにも「中村っぽいやつ」だった。友情・努力・勝利じゃないが、皆で和気藹々と事を進める人間を中村は推す。その評価軸は何ら悪くなかったし、現行の三人の中では唯一真っ当と言えた。いっぽう中村には学歴を毛嫌いする傾向があった。高学歴にはいきなり辛口になるのだ。出世街道のメンバーにしては中村は高学歴ではなかった。

中村の評価軸には他に「学業以外の課外活動」がある。それを「ガクチカ（学生時代に力を入れたこと）」と呼ぶ向きもあるが、わけても中村が偏愛するのはバックパッカー経験だ。このお坊チャン、世界各地を貧乏旅行した学生に目がないのである。むろん中村の「学生時代」もザ・バックパッカーで、その話になると大変なことになる。「自転車でオーストラリアを縦断した話」「デリーの闇市で迷子になった話」「イスタンブールの芝生で午睡したら夜になった話」「ロンドンの酒場でマフィアに殴られた話」「上海《シャンハイ》の空が異様に青かった話」「アトランタのトランジットでデルタとネゴった末に皆を助けた話」その他の武勇伝が炸裂《さくれつ》し止まらない。私はね、観光地って、行かないんですよ。ええ、観光地は嫌いです。それより道端にいるホームレスと話すのが好きなんですよ。一緒に酒を酌み交わしたりしてね。通りすがりの人と友達になって、その人の家に泊めて貰ったこともあります。ええ、その人とは今でも連絡を取り合う仲です。あいつ、そろそろ仕事見つかったのかなあ……海外だとね、道行く人が、皆ニコニコしてるんですよ。ナリタに戻るとショックを受けますね。だって、皆暗い顔で、セカセカ歩いてるんですもん……暗い顔でセカセカ歩くことの、いったい何がいけないのだろうか。いずれ、ここに私は一つの真実を見る。ロボットじゃないところの我々に「公正かつ客観的」は、思った以上に遠い場所にあるのだと。

そうした偏向は中村だけではなかった。太田の評価軸はより明快である。男は学歴、女は語学、以上。さらに言えば男はQ大、女は帰国子女が至上だった。Q大は昔からKエンジの贔屓《ひいき》する大学で、それはKエンジの創業の地が九州だからだ。何より太田その人がQ大卒で、本人も流石に自覚するところと思うが、あからさまに同大を贔屓していた。太田の男の序列はQ大からスタートし、二番以降は東大理Ⅲから始まる学部別の偏差値順だった。女の帰国子女は太田の性癖に近いものと思われる。太田はTOEIC百点台で、語学堪能な女には畏怖を覚えるらしいのだ。

「帰国子女だから英語できる」は必ずしも正ではないが、どうやら太田の中では成立している。帰国子女だと文句なしだが両親のいずれかが外国人、ないしミドルネームを持つ、最悪TOEICにせよTOEFLにせよ高得点をマークすれば、太田は初めて相手を「一端《いっぱし》」と認める。逆に女だと学歴には何の意味もない。

太田の評価軸にはドン引きするが、しかし、それは正しくKエンジの価値観そのものと言えた。長年Kエンジは陰に陽に「男は学歴、女は語学」の会社だった。そんなのは令和の目からすれば「男は度胸、女は愛嬌《あいきょう》」レベルの話、否、韻を踏んでない分こちらのほうが劣るかというところだったが、会社という閉鎖社会の慣習は根強い。

十三年前、私のTOEICのスコアは九百点だった。今は何ら珍しくないが、当時は無双を気取れるハイスコアだったと言える。が、研究職にしか興味ないと率直に述べ過ぎたせいか、私はKエンジ以外の会社には悉《ことごと》く落ちた。ぜんぜん無双じゃなかった。そういう学生が最も落とされやすいのだと今になればわかる。もっぱら新卒採用では「何でもやる」「全部に興味がある」「とにかくチャレンジしたい」「ちょっと怖いけど何でも頑張りたい」といったAVの処女っぽい姿勢が貴《たっと》ばれるものだ。私には他にも夥《おびただ》しい人間的欠陥があったに違いないが、いずれ「コノコ、エーゴデキル」で以て私は辛《から》くもKエンジに潜り込んだわけで、太田の評価軸を手放しでブーイングするのは、本当は少し後ろめたい。

前に自分の選考資料を探してみたことがある。どう自分が採用されたのか、興味本位で知りたくなったのだ。ところが何も見つからなかった。個人情報に配慮した社内ルールにより「選考に関する資料一切は選考後一年以内に破棄する」ことになっていたのだ。まあ知らぬが仏ではないが、私は下手に見ないほうが幸いだったのかもしれない。

「松尾は通そう。自分の意見をしっかり持ててたし、周りに流されないところがよかった」

「確かにハキハキ喋《しゃべ》る点はよかったんですけどねえ。でもやっぱりチームワークは得意じゃないというか……」

またぞろ見解が割れた。しかし太田の推し度は半端じゃないはずだ。何を隠そう松尾はQ大である。それも剣道部の副将と来た。太田と同じ大学にして同じ部活動というわけだ。このデカいコロ助を前に、これ以上ない最強の条件を備えていた。

「いや、松尾は絶対に通すべきだ。今は我を通せる学生のほうが珍しいんだよ」

問答無用の口振り。再び私にバトンが巡り、松尾の履歴書にもレ点はなかった。

「松尾さんは、落としていいと思う」

松尾の決着にはそれから四十分を要した。最終的に松尾は一次止まりとなり、太田はいたく不服げながら、これもワガハイ的な武士の潔さなのか、同結果を黙って受け入れた。我々には「話し合いが三十分以上膠着《こうちゃく》したら多数決」なる我々自身で決めたルールがある。

私は目ぼしい応募者の履歴書には薄くレ点を記す。誰も知らない私のただ一つの評価軸は、顔の黄金比だった。

＊＊＊

十年前、採用担当になった私は一つのことを決めた。私は優秀な人「財」をKエンジから逃がそう。代わりに駄目な人間を採ろう。私のような「会社の不利益になる人間」を。それでKエンジの企業価値を僅かでも下げる。だって、我々は「エンジニアリング会社」だから。工場も資機材も持たない我々の唯一の財産は「人」だから。むろん私の裁量は有限であり、即ち一次選考の三分の一に過ぎないが、私はこの微々たる権限で以て、会社に最大限の復讐《ふくしゅう》を果たす。

ところが、実行は困難を極めた。「使えない」人間を選ぶのは「使える」人間を選ぶのと同義で、そんなことができる採用担当がいるとすれば、それこそ超「使える」人「財」だろう。

「使える」「使えない」の判断が難しいのは、即断できないからだ。仮に半年の試用期間を設けたとて、三週間のインターンに参加したとて、一時間に及ぶ面接を実施したとて、その人が会社に有益か否かは十年くらい勤めてみないとわからない。生まれたばかりの赤チャンを見て、将来この赤チャンが美形になるか否かをジャッジするのがほとんど不可能なのと同じだ。せいぜい「まあ、男の子だから、大方、お母サン似だろうから、きっと、綺麗な顔になるでしょうねえ」と、二重の不確かな推定かつ社交辞令をもとに判断するだけだ。それは判断というよりもう妄想の類に入る。新卒採用などは本来占いのようなものだ。否、理屈があるだけ占いのほうがマシだ。その本質は、ギャンブルである。

ギャンブル故に、新卒採用には成功も失敗もない。五十人前後が入社すれば「あー、よかったねー」と、ミッションコンプリートなのだ。それでも強いて言えば「入社三年以内の退職率」は、経団連に報告するため皆の気にするところだった。世間では「三年以内に三割辞める」と言われているが、当時のKエンジは三年以内に一割程度だった。何だかんだ安定志向のJTC《ジャパニーズ・トラディショナル・カンパニー》だったのだ。

とは言え「入社三年以内の退職率」に、採用担当が何の責任を負うわけではない。退職の理由は上司、同僚、部下、給与、社風、業務、遣り甲斐、勤務地、病気、育児、介護など多岐にわたり、中には採用担当の慧眼《けいがん》を以てすれば回避できた事例もあるのだろうが、そんなことはやはり誰にもわからない以上、たとえ「入社三年以内の退職率」が去年より若干高かったとて、採用担当は存外しれっとしている。せいぜい「そういう時代ですからねー」と嘆いてみるくらいだ。

若手の退職につき、採用担当を悩ますパラドックスに「優秀な人ほど早く辞める」というのがある。これはどうやら真実らしく、私の同期も見事に中心人物から辞めた。同期ヒエラルキーの頂点にいた「同期全体飲み会」を発意したり、若手は強制参加の「新人出し物大会」のリーダー役を務めたり、最初に社長賞を貰ったりする階級である。彼らは当時の採用担当が苦心の末に口説き落とし、内定辞退を何らかの方法で食い止めたに違いないが、優秀であるが故に、あっさり会社を去ることになった。いっぽうヒエラルキーの底辺にいた私などは、人知れず勤続十二年である。ここに先のパラドックスが顔を出す。とっとと辞める秀才と、ずるずる勤続年数を重ねる凡人と、一体どちらを選ぶのが、会社にとり「いい」採用担当なのか。

望まぬ異動から二週間後、私は早速一次面接の末席に座った。まずは雰囲気を摑み、それから「選抜会議」に加わることになっていた。当時はさほど就活生と歳《とし》が違わなかった。

私は真剣に目の前の就活生を推すか推すまいか考えた。「使えない」人間を選ばねばならない。そして、これには何らかの評価軸が必要だと悟った。

学歴は何の指標にもならない。もろもろの課外活動にも何の意味もない。なら無愛想なやつを推そうか。無礼千万かつ尊大不遜なやつを。それは、いい考えに思えた。端から態度の悪いやつは、会社の不利益になる可能性が高い。

問題なのは、この国に「無愛想な就活生」などいないことだった。どの就活生も精一杯の笑顔を見せ、片時も口角を下げず、目覚ましい好印象を残す。私の乏しい人間観察力では、その程度に優劣をつけることはできなかった。

ならば「話し振り」はどうだろう。応募者Aは淀《よど》みないが、Bはしょっちゅう噛《か》む。Cの声量は適切だが、Dは聞き取りづらい。Eの話す速さは丁度いいが、Fは早口過ぎる。Gは面接官の目を見るが、Hは「お〜いお茶」に心を奪われている。

つまりプレゼン能力、これなら優劣をつけられるかもしれない。私も含め「話し振り」が無様な人間は総じて会社の役に立たなそうである。現に世の社長は喋りが達者と相場は決まっているし、喋りが達者なら大物になれるわけではないが、大抵の大物は喋りが達者だ。口下手なら大よそカリスマ性はなく、令和の松下幸之助《まつしたこうのすけ》ない し本田宗一郎《ほんだそういちろう》になる可能性も限りなく零に近い。これで「使えない」人間をふるいに掛けられる。

この評価軸は短命に終わった。

「小野さん、ちゃんと男女比は考えてね」

三回目の「選抜会議」の後、私は斯様《かよう》な注意を受けた。最初は「はて」と思ったが、やがて上司の意図に思い至った。

自分の三回分の選考結果を見ると、私が「合」とした応募者、つまり「話し振り」

が「悪い」とした上位二十五パーセントのうち、女は十人中二人しかいなかった。男は九十人中二十三人いた。これだと女の一次選考の倍率は五倍、男のそれは四倍弱になる。応募者の男女比は例年九対一だ。そのためそういうつもりはなかったにせよ、私の選考は「男に偏っている」と言えた。

忘れていた、この性別縛り。競争倍率に男女で差が生じてはイカンのである。千の中から百に内定を出すためKエンジの最終的な倍率は十倍だ。これが男女で変動しては不味《まず》い。

これが努力目標ではなく義務なのは、その年度から「えふぼし」認定がKエンジの至上命令になったからだ。「えふ」がFemaleに由来する「えふぼし」とは、厚労省より「女性が活躍している」企業に与えられる認定制度だが、これを取得すると、会社のHP《ホームページ》に名刺の隅に新卒採用のパンフレットに、錦の御旗《みはた》さながら「えふぼし」マークを掲げることができる。「マドカちゃん騒動」の影響を受け、イメージ挽回《ばんかい》のため急遽《きゅうきょ》取得することになったのだ。

認定企業になるには幾つかハードルがあり、越えられたハードルの数で等級が決まる。「採用時の競争格差がない」は数あるハードルの一つだが、これがKエンジに突破し得る唯一の項目だった。他の「平均勤続年数」も「管理職の比率」も「平均年収」も、可愛《かわい》い面して割と厳しい「えふぼし」基準をクリアするのはウルトラ旧弊カンパニーのＫエンジには無理だった。何としてでも「採用時の競争格差がない」を死守せねばならない。「えふぼし」認定は年単位のため、この性別縛りはＫエンジが新卒採用を止める年まで続くことになる。

万が一「競争格差」が生じてしまったら二次募集を掛けねばならない。が、これは最後のジョーカーだ。採用活動には莫大《ばくだい》な金と時間が掛かる。何よりこの二次募集を最も回避したいと考えているのは他ならぬ新卒採用チームだ。人間ドック同様、新卒採用など年に一回で十分である。

小野さん、ちゃんと男女比は考えてね……何とも恣意的な調整だ。元より駒数が少ない女はいつ選考レースから辞退されてもいいよう一次選考はやや甘口になる傾向があった。平等という名の仁義を通すために、採用担当は平等から一万光年離れた場所で仁義なき忖度《そんたく》を繰り返している。さもないと墓穴を掘ることになるのだ。

もしや、私の五感は男より女の「話し振り」を評価する傾向にあるのだろうか。

それは単に私が女だから、同性だと声の具合その他が自分に近く、無意識にせよ、より話が伝わるように感じる……そういうことなのだろうか。わからないが、可能性は否めない。「話し振り」が目に見えない以上、最後はフィーリングの問題になってしまうのはどうやら避けられなかった。観察者たる私の属性が評価に影響しているかもしれないのも実に感心できなかった。

ならば自分の属性を勘案し、相手が男だったら評価を甘くするか。女だったら厳しくするか。そうすれば「公正かつ客観的」だろうか。しかし、これは現実的ではなかった。スポーツではない面接は男女混合戦だ。目の前の応募者AとBで、瞬時に評価軸を切り替えることはできない。何よりゴチャゴチャ条件が多いと評価軸として美しくない。そういう評価軸は信頼に値しない。

そんな突き詰めて考える必要あるか。もっとテキトーにやればいい。それこそフィーリングで、パッと駄目そうなやつを選べばいい……そんな自問が生じたのは、一度だけだった。そんな突き詰めて考える必要は、あった。第一に私は自分のフィーリングをまるで信用していない。今までの人生から察するに、私が（こうだっ）と直感したものは大抵的を外している。第二に私は万事を賭して、会社に復讐したかった。徹底的にやらないと気が済まないのだ。

そして、第三に私は思う。曲がりなりにも人間が人間を選別するのなら、とても適当な仕事はできないと。

頭に「顔」が閃《ひらめ》いたのは、翌週のことだ。

灯台下暗し。じっと応募者の顔を見詰めながら、いったい何を評価軸にしたらいいか、私は考えに考えていた。答えは視界のド真ん中にあった。

私たちは、幼い頃から人を見た目で判断しては駄目だと叩き込まれる。そうした叩き込みの影響により、見た目という評価軸は予《あらかじ》め脳に避けられたらしかった。人を見た目で判断するというタブー。しかし、そうじゃない人間がいるのか。

人を見た目で判断するのが駄目なら、なぜ私たちは、こうも表情にうるさいのか。人を表情で判断することは大いに推奨されている。私はこう言う。表情も同じ見た目だと。遥《はる》か昔、七五三のとき私は写真館で怒鳴られたことがある。私がブスッとしていたらカメラマンが激怒したのだ。ブスッとしていたのは衣装の着物が重かったからだが、三歳ではなく七歳の時だったから、確かに大人気なかったかもしれない。ただ七歳なりに驚いたものだ。笑わないだけで、大人はこんなにキレるんだと。

就活生は、皆ニコニコと笑う。芸能プロダクションのオーディションではないから、緊張しているなら緊張した顔でいてくれるほうが、私などは安心するのだが。笑顔でも真顔でも人間の頭の中はブラックボックスなのに、表情には過剰な意味が付与されている。やつは言うほど雄弁じゃない。そこから得られる確かな情報など、本当はただの一つもない。それでも私たちは宿命のように顔が大好きだ。顔の造作《ハード》にせよ表情《ソフト》にせよ、私たちは皆面食いだ。

新たな評価軸を胸に、一次面接に臨んだ。事後に自分の選考結果を検《あらた》めた私は「うわあっ」と衝撃に仰《の》け反《ぞ》ることになる。何と、顔の造作を評価軸にした結果、男女の競争倍率がピタリと一致したのだ。小数点第二位まで同じになったではないか。上司は素直かつ迅速に改善を図った私に満足気な様子だった。

以後も競争倍率に吃驚《びっくり》するほど差は生じず、生じても「えふぼし」には抵触しない僅差だった。この二百回超に及ぶ、回ごとに任意の人間が集まる一次面接において、それは、不変の結果をもたらし続けたのだ。この評価軸の凄《すご》さ、揺るぎなさ、正しさ、そして、最も意外なところにあった「平等」に打たれたのは、この時である。顔面偏差値に性差はないのだ。これには「お前は馬鹿かっ、女の人のほうが、綺麗な顔してんだろっ」との関節技《かんせつわざ》をお見舞いされるかもしれないが、一心に顔の寸法だけを見詰めた時、そこにジェンダーはない。整っているやつは整っているし、崩れているやつは崩れている。女のほうが顔面に優れるという価値観を持つのなら、その人はきっと振り込め詐欺の被害者のように騙《だま》されている。化粧とかスキンケアとか表情とか声色とか物腰とか、その他の社会的な要因により、そう見えるのだと思う。

美の数量化を無粋とする向きは多いが、顔の審美には数多《あまた》の評価軸がある。黄金比は有名どころだが、一口に黄金比と言っても幾つか種類がある。

私が「黄金比」としたのは、整数で完結する縦と横の比率だ。縦は髪の生え際から眉間、眉間から鼻先、鼻先から顎下が三等分であれば黄金比だ。横はこめかみから目尻、目尻から目頭、目頭から目頭、目頭から目尻、目尻からこめかみが五等分であれば黄金比だ。以上。小数点に及ぶ黄金比は採用しなかった。よほど訓練を積まねば人間の目に小数点は難しい。顔を横から見た時の比率も採用しなかった。面接中、応募者の顔は常に採用担当の正面にあり、絶対に横顔を観察できないわけじゃないが、確実な機会ではないからだ。

私はパーツの良《よ》し悪《あ》しも見ない。だから二重の応募者は一重より有利だと考えているかもしれないが、私の前では何重でも同じだ。歯並びの悪さを気にしているかもしれないが、何の問題もない。髭の剃《そ》り残しに気づき気が気じゃないかもしれないが、評価対象外だ。今朝は化粧のノリが悪かったかもしれないが、案ずる必要はない。私の下す評価は貴方《あなた》が胎児だった頃に粗方《あらかた》決定している。

無論、心苦しさはあった。これだと高い鼻、尖った顎、小顔などの応募者は一ミリも評価されないことになる。これは、致し方なかった。趣味なら手広く評価軸を設定してもいいが、生憎これは仕事だ。実用的でなければならない。一次面接は一回二十分、一人に掛けられる時間はせいぜい五分程度だ。

評価軸が固まれば、あとはこれに則るだけだった。私はこの黄金比を満たた「さない」上位二十五パーセントを推せばよい。私も含め見苦しい顔のほうが、会社に不利益であろう。

熟考から目を開けると、そこは日中の執務室だった。しぜん同僚らの顔が映る。見苦しい顔のほうが、会社に不利益であろう。

それは、本当だろうか。

一見すると、ここにいる者らは全く会社の役に立っていなさそうだが……こういう冴《さ》えないやつを増強することが、私の本懐なのだろうか。とっとと辞める秀才と、ずるずる勤続年数を重ねる凡人。前者と後者なら、どちらがより会社に有害なのか。私自身はどうだ……？　再び考え込んだ。基本設計に間違いがあってはならない。

会社に対し、一介の従業員が与え得る最大の損害は何か。自己都合退職である。人事部にいると、その被害の大きさが知れる。会社が人一人を雇い入れる労力を考えると、退職は飼い犬に手を噛まれる、否、恩を仇《あだ》で返すと言うにも等しい仕打ちだ。ＡＩじゃないところの人間には金が掛かる反面、昨今の人手不足下では得難い存在と言える。途轍《とてつ》もない悪党だったら辞めて貰ったほうがいいのだが、そうではない大多数の従業員は、たとえ平凡の極みでも在籍し続けてくれたほうがよい。平凡どころか多少ならポンコツでも辞めないほうが会社は助かる。そもそも「自己都合」とは「我儘《わがまま》」を意味し、雇われの身に「自己都合」は有り得ない。会社員は「会社都合」の生き物だ。だから今月も給料が振り込まれる。

先のパラドックスで言えば、私は部署のエースが三年勤務するよりヘッポコが三十年勤務するほうに価値があると答える。もっともそれは当然の話かもしれなかった。そもそも会社とは凡人のためにあるのだ。それが証拠に未だ多くの企業では「勤続年数」にとんでもない価値が置かれている。年休日数も退職金支給額も失業保険給付期間も年金受給額も、全ては「勤続年数」に正比例となる。これには「破格」の二文字を捧《ささ》げたい。私は買えるものなら「勤続年数」を金で買いたかった。これは「一つの会社に長く勤めよ」という天からのメッセージなのだ。

そうと見れば、顔と退職率には一定の相関がある。この会社の退職者には整った顔が多い。そして、会社に残るのは冴えないやつばかりだ。

定年でなければ、退職とは即ち転職のことだ。人事部が密《ひそ》かに収集している「転職先リスト」を見ると、大手化学メーカーから一流商社から官庁からＪＩＣＡ的国際協力団体まで、そこには随分「意識高い」集団が並ぶ。転職する者とはそもそも上昇志向なのだ。そうでなければわざわざ転職するガッツなど芽生えないだろう。

すると、退職者の顔が整っているのは至極当然の話だ。整った顔なら転職先に「こいつと一緒に働きたい（少なくとも日常的に接するのは苦ではない）」と思われやすい。以上。それより整った顔だからこそ転職を恐れないのだとも言える。私自身もし自分の顔が明朝エマ・ワトソンになったら俄然《がぜん》何か新しいことを始めたくなるはずだ。やはり複数の企業を渡り歩くなどし、一人でも多くの皆様と出会いたいと思う。

冴えないやつを採用しても、冴えないやつが冴えないやつに世代交代するだけだ。それではただの現状維持になる。それより「とっとと辞める秀才」を一人でも多く採用すること。そちらのほうが長い目で見て会社の体力を奪う。むろん不細工が転職するケースもあるが、ここは二者択一である以上、僅かでも傾向が強いほうに舵《かじ》を切るのが仕事だった。私は黄金比を満たた「す」応募者を推すことに決めた。いちいち例外に引きずられていては合理的な判断などできない。

面接中、私は応募者の顔を順番に凝視する。応募者は向かって左から名前、大学、専攻、志望動機、その他のアピールを簡潔に述べる。最初の三年あまり、私に目測された応募者たちは相当に怖い思いをしただろう。私は瞬《まばた》きどころか息も殺し、じっと顔の寸法を測っていた。

採用担当二年目になると、私は眼鏡からコンタクトに替えた。眼鏡だとレンズと目の間に距離が生じ、見え方が歪《ゆが》む。五年目になると以前ほど応募者の顔を凝視しなくなった。喋っていない時に三秒ほど見れば、黄金比か否かがわかるようになったのだ。十一年目の今は一瞥《いちべつ》するだけでいい。毎年千人強の応募者を見て、既に一万人以上の目測経験があった。

私のデューク東郷《とうごう》にも似た眼光に気づいた応募者たちは、はっと背筋を正した。私の関心は顔の寸法のみにあり、姿勢はどうでもいいというのに。その目はむしろ、見えないものを見ようとしているようだったかもしれない。見えないものとは応募者の内面、それこそ「御社が第一志望です」の真偽その他だが、そんな実体のないものだったらここまで真剣にはなれない。

誰一人「小野さん、顔採用はイカンよ」と、私を窘《たしな》めることはなかった。誰も私がそんなことをしているとは気づかなかったのだ。あまりにもバレないと、却って不自然に思える。学歴とか専攻とか笑顔とか挨拶とか喋り方とか身なりとか、結局のところ自己申告でしかない「ガクチカ」には過剰反応する癖に、何より如実に提示される顔の寸法には、なぜ皆サンこうも無関心なのだろう。先天的なものだからら？　ゴマンと学生を見ていると、他の要素も多分に先天的ではあると思う。

一方で、誰も私の顔採用に気づかないのも頷《うなず》ける話だ。私の推す黄金比の応募者たちが、皆が皆アイドルのようなオーラを放っていたわけではない。平均以上に整った顔ではあるが、じゃあ明日からジャニーズに入所できるのか、ホリプロに入所できるのかと言われたら、そうではなかった。そうではないから就活中なのだ。それより見る人が見れば、黄金比を満たす「だけ」の顔というのはむしろ退屈なのかもしれなかった。道徳の教科書のように、正しいが詰まらないのだ。衆目を集める顔と黄金比には一定の相関があるが、やはり魅力的な顔には幾らかのスタンダードからの逸脱、もとい個性が必要なのだろう。

それでも黄金比は強い。私が一次選考で推した応募者たちは、すんなり二次選考も通った。二次選考を通れば事実上の内定である。いっぽう他の採用担当が推した応募者たちは、それほどには振るわなかった。

三年目になると、この差に人事部長が気づいた。

「小野はちゃんと会社のビジョンを理解できてるね。会社が必要とする人『財』を選べてるんだよ」

素質あるよ、これからもよろしく。何ということだ、私は顔採用しているだけだというのに。こうして私は人事部長に気に入られ、数度の配置換えでも対象にならず、十年以上も新卒採用チームに腰を据えているのだった。

「小野チャンは学生のどういうところを見てるの？」

私が人事部長に褒められると、隣の福利厚生担当が声を掛けた。勤続二十七年のベテランである。

「今の就活って、何か複雑そうだからさ。私が入社した頃は男は大学、女は住所って決まってたの。女の子は会社の近くに実家があればまず落ちなかった。あと英語が得意だと有利だったかな？　今はそうじゃないんでしょ？」

「小野は総合的に人を見てるんだよ。多角的にウチの会社に相応《ふさわ》しいか判断してるんだよ。あれかな、女の勘ってやつかな？」

私の代わりに人事部長が答えたのは出しゃばりだったが私はほっとした。人間はいとも簡単に勘違いするのだ。

総合的に、か。何て胡散臭い言葉だろう。新卒採用では何か一つに秀でたスペシャリストではなく万事に柔軟なジェネラリストを雇う。「世界をリードするエンジニア集団」を自負するKエンジでさえ、そこは「ポテンシャル採用」だった。やたら新卒採用で「総合的に」が叫ばれるのは、このポテンシャルというのがどうしたって評価できないからだ。

スーパーでコーンフレークを買うと、箱の裏に六角形か八角形のグラフが描いてある。各頂点が「鉄分」「食物繊維」「カリウム」「ビタミンB[1]」といった読んでいるだけで欠乏している気分になる栄養素の評価軸になっており、コーンフレーク一皿に含まれる量が可視化されている。別の色で「白米だけの場合」「食パンだけの場合」と、ライバルたちも併記されているのがポイントだ。コーンフレークのグラフはユーラシア大陸のように広く、ライバルたちは埼玉県さいたま市のように縮こまっている。人事部長などは、こうした採点のイメージを「総合的な」それこそ「多角的な」評価と考えているのかもしれないが、そんなのは大間違いだ。

ジェネラリストの評価は不可避的にジェネラルである。ポテンシャルの評価はそれ自体がポテンシャルである。つまりわからない。万事に柔軟かどうかなど、そんなの誰が知るか。だから採用担当は数多の評価軸を打ち立て「総合的に」とか「多角的に」と謳う。しかし実際は曖昧な評価軸が増えるほど「公正かつ客観的」からは遠ざかるのがオチだ。真に「公正かつ客観的」評価を下せるのはコーンフレークの箱だけである（それにしても、白米オンリーでももっと栄養素はあるはずだ）。

悲しいかな、我々が「総合的に判断します」と言ったらそれは実質「何となくで決めます」と言っているに等しい。じじつ採用担当は常套句《じょうとうく》として「選考に関するお問い合わせには一切お答えできません」とは言うが、ガキじゃあるまいに、そんな寝言を吐くのは本来おかしい。自分の判断を対外的に説明できないのは、それが真っ当な判断ではないからだ。

選ぶことが仕事なのに、我々は歴《れっき》とした評価軸を何一つ持たない。これでは丸腰で戦に臨むにも等しい。年ごとに、私はこのことを強く意識するようになった。自分にせよ他の採用担当にせよ、誰かが誰かをジャッジする度に、この野蛮さが、身にのしかかるようになった。

壮大な計画には壮大な時間が掛かるものだ。採用担当五年目になると、三年前に私が採用に携わった代のうち、既に二割が転職していた。

「辞めちゃう子おおいね」

「まあ、そういう時代だから」

溜息《ためいき》をついたのは、採用担当ではなかった。従業員の退職防止に努めるのは「労働環境改善チーム」だ。我々は採用したら「ハイ終わり」で、入社式以降の世話は

「新人教育チーム」が担う。考えてみれば、これほど無責任な仕事もなかった。

　三年以内に二割、もとい五十三人のうち十人が辞めたのは、Ｋエンジ史上最大だった。私が戦慄したのは言うまでもない。私の蒔《ま》いた種が、いまようやく芽を出した。私の意図した方向に育った。当然ながら、この結果を全て私に帰すことはできない。九十九パーセントは「そういう時代だから」だろう。転職するのが当たり前どころかＦＩＲＥなる生き方も台頭している時代だ。毎年フレッシュの最前線たる学生と接しているとわかるが「石の上にも三年」はとうに古い。「亭主元気で留守がいい」レベルにＺ世代には「？」の概念だ。逆に求職市場には「第二新卒」なる括りが存在し「転職するなら三年以内に」が定石である。

　けれど、私はゾクゾクした。興奮に腹がヒリヒリ疼《うず》いた。これは「そういう時代」と私の協同事業《コラボレーション》だ。私は非力だが「そういう時代」は最強のスポンサーである。私は触媒に過ぎないが「そういう時代」の反応を一心に促進する者だ。この傾向が続けばＫエンジの零落は時間の問題になる。それは、夢みたいだ。私のために用意された、とっておきの夢みたいだ。

　以後も「入社三年以内の退職率」は増え続け、じわじわ世間の「三年以内に三割」に漸近していった。若手に限らず退職そのものが如実に増えていた。昔は「退職のご挨拶」メールは年に一回あるかないかだったが、今では数か月おきに受信する。少子高齢化同様「そういう時代」の前にはいかなる力も及ばないようだ。

退職率は社内でもトップシークレットだった。自殺報道ガイドラインそのままに、従業員の後追い退職を危惧してのことだ。しかし人事部の私は見放題だった。毎年いそいそと退職率をチェックするのが恒例行事になった。

この問題には経営陣も頭を抱え、新たな対策が次々と打ち出された。固定残業代の適用を三年遅らせる。もっとフレックスタイム制度を推奨する。各種ハラスメントの窓口を設ける……やらないよりはマシだったかもしれないが、しかし、そうした対策は焼け石に水だった。だって「そういう時代」だから。皆大変だなあ。「そういう時代」を敵に回さなければならないのだから。私は無敵の気持ちだった。こんな不条理な会社、とっとと自然淘汰《しぜんとうた》されればいい。

ところが、この問題は新卒採用チームにも飛び火することになった。大勢辞めるなら最初から大勢採ればいい。採用枠が従来の五十から六十五に増やされ、採用活動にもテコ入れの号令が掛かった。今から五年前のことだ。

人事部長の命により、テコ入れの担当は私になった。指示内容は「就活界におけるKエンジのプレゼンスを向上させること」。非常に漠然としている。こういうのは指示という名のボヤキみたいなもんだが、私は一考し、その年度はパンフレットの刷新に注力すると決めた。

五年間の採用活動経験は、私に以下のことを教えた。人間は元の期待が大きければ大きいほど、期待を裏切られた時の落胆も大きい。つまり新人の早期退職に加担したいなら、入社時の期待をマックスにするのが効果的である。じじつ内定式で最前列に座り、誰より目をキラキラさせていたやつに限って、会社を見限るのも滅法早いものだ。「え、いたの？」と、端っこにいた冴えないやつが、だらだら年次を重ねたりする。

長年Kエンジは馬鹿の一つ覚えのように「世界をエンジニアリングの力でリードする」と謳ってきた。悪くはないが、流石《さすが》に錆《さび》ついている。私のすべきことは、こうした従来のキラキラをミラーボール、否、超新星レベルにまで引き上げることではないか？　どうせつくならもっと捨て身の嘘でいい。Kエンジで今すぐ世界を股にかけた仕事をしようっ。君のフロンティアは国境の向こう側にあるっ。さあっ、君の力を明日、世界で試そうっ……熱血の革命家のように、私は就活生のハートに紙マッチで火をつけたい。実際の職場シーンにあって、そんなカッコいい場面は万に一つ以下だったとしても。いざ会社員になった時、その生態がいかに地味で退屈かを思い知り、期待に風船のように膨らんだ新入社員の胸が、一気に弾ければいい。

驚くべきことに、新卒採用のパンフレットは毎年採用担当が自作していた。採用担当の独断と偏見で作った間抜けなデータを何の疑いもなく印刷所に送っていたのだ。その完成度は文化祭のパンフレットに毛が生えたようなものだった。今の中高校生ならもっとマシなものを作るだろう。

翌週、私は一枚の企画書を人事部長に出した。そこにはパンフレットの制作を外注する旨が記されていた。ここにプロの目を介入させたい。どこに映え映えのビジネスマンの顔があればいいか、どこに映え映えのプラントの夜景があればいいか、どこにグッと胸を打つ一文が走っていればいいか、プロのパンフレット屋なら教えてくれるはずだ。私は予算が許すならコピーライターも雇いたいくらいだった。

「いやあ、これはちょっとねえ……」

ところが、自ら私を指名した癖に、予算を要求すると人事部長は怯《ひる》んだ。

「パンフレットなんて飾りみたいなもんでしょ？　大事なのは中身じゃん。書いてあることが同じなら見映えは何でもいいんじゃない？」

おいおいおいおいおいおい。何てセンスに欠ける人事部長だ。開いた口が塞がらなかった。大事なのは中身？　見映えは何でもいい？　まるで採用活動の本質を理解していない。採用する側にしても採用される側にしても、新卒採用などはもう印象勝負だ。「見映え」が何より重要なのである。曲がりなりにも人事を司《つかさど》る立場なら、貴方はそういうのを馬鹿にしないほうがいい。それでなくとも高が百万程度の出費ならケチケチするもんじゃないのである。結果的に私は予算を勝ち取ることになる。

事実、百万など一瞬で元が取れる額だ。採用担当は毎年アホみたいにデータ作成に時間を掛けている。「あれ？　パワポでこういう吹き出しを入れたいんだけど、先っちょが何かイメージと違う」とか「あれ？　この写真を拡大したら何かボケちゃった」とか「あれ？　改行したら何か文章がガタガタになった」とか、とにかく間抜けなのだ。そんな戦力外の素人がチンタラ作業するより慣れたプロに任せたほうがいいのは火を見るより明らかだった。

パンフレット屋にはポスターも同時発注した。例年ポスターの顔には社内にいる「人事部長のお気に入り」の男女それぞれ一人を選出していたが、その年は思い切ってKエンジとは縁も所縁《ゆかり》もない巷のモデルを起用した。ポスターの顔に社内の人間を使えという規定はどこにもない。仮にあってもその撮影日だけ嘱託社員にでもしただろう。ポスターの予算は事後承認になったものの、こうしてパンフレットとポスターは刷新されたのである。見本《サンプル》を持つ私の手は震えた。感想は（やっぱ、プロってすげえ……）の一言に尽きる。

その年度の応募者は、昨年度より三割増えた。宣伝の守備範囲はリクナビとマイナビ、両社の主催する合説、それに目ぼしい大学へのOB訪問と至って例年通りだったから、この増加はパンフレットとポスターの刷新によるものと言って差し支《つか》えないだろう。必然的に内定者に占める黄金比のレベルも上がった。

「今年はまずまず成功だな」

そのころ採用担当になった太田もこの結果にはご満悦だった。しぜん高学歴と語学堪能の割合も増えたからだ。

「それにしても、結構ビジュアルって大事なんだな」

当たり前だ。私は（何を今更……）が本音だったが、シンプルに「そうですね」と返した。

我々は内定式を終えた直後だった。経団連の要望通り、内定式は毎年十月一日に執り行う。なおも場内には人間の気配、わけてもその年度に採用した六十八人分の濃い若者の熱気が漂ったが、笑顔でベラベラ喋ったもう若くない我々も、どっと全身が疲れた。

私は靴を脱いで椅子に立つと、ステージ脇のポスターを剝がした。光沢紙の特大ポスターは封切り直後のハリウッド映画さながらである。この名前も知らない美男美女は、来年度も「Ｋエンジの顔」になることが既に決定していた。

採用活動とは、単なる詐欺行為だ。幾らそれが仕事とは言え、我々は毎年目も当てられない嘘をつく。それにしては採用担当はいつも自信満々であるが、それはなぜかというと、熟練の詐欺師こそが、いつも自信満々だからだ。

「本当ですね。中身はほとんど同じなのに、見せ方でこうも応募者が増えるとは」

太田に同意したのは当時チームの最古参だった加藤《かとう》だ。その頃はまだ中村は前の部署におり、チームはこの三人体制だった。

「こういうのはまさに、女性ならではの視点ですよね」

私はにっと、褒められた人の顔になった。出たよ「女性ならではの視点」。心を無にし、丁寧にポスターを丸める。私の視点はもっと別のものだと思う。その視点の名前を私は思いつけなかったが、それを自分が知っているはずだということには確信が残った。

内定式のあと解放感を覚えるのは、むしろ採用担当のほうだ。会場の後片づけが終わったのは午後六時だった。例年私たちはこのあとささやかな労《ねぎら》いの場を持つ。要は打ち上げだが、その年度も駅前の飲み屋に直行することになっていた。職場の飲み会とかマジでダルかったが、そのまま次の採用計画の話になるため半分は仕事だった。

会社の正面口から通路に出ると、思いがけない出来事に見舞われた。三人の前にいきなり影が飛び出したのだ。私は暴漢かと思い「ひいっ」と思わず叫んだ。影はその場で懇願の体勢になった。

お願いです、私を、御社に入社させて下さいっ。影は、そう訴えた。せめて、二次募集をやって下さい、お願いしますっ。その就活生は、一次落ちした応募者だった。

　私と太田は固まったが、加藤は今が修羅場であることを瞬時に見抜いた。たまにああやって泣きつかれることがあるんですよ、とは、事後に飲み屋で話したことだ。加藤は一歩前に出ると、土下座せんばかりの就活生に向き合った。

　今日はわざわざ弊社まで来てくれたんですね。受付で呼び出してくれればよかったのに。ええ、この度は非常に残念でした。できることなら私たちも手を挙げてくれる全員を採用したい。でも、それはできないんです……私と太田が凝視する中、加藤は語り始めた。

　こういうのはね、縁なんです。もしかしたら貴方はこの会社じゃなきゃ駄目だとか、この会社じゃなきゃお先真っ暗だとか考えているのかもしれないけど、それは思い込みです。貴方にはまだ貴方自身の知らない可能性が、沢山あるんですよ。就活に限らずこの世に絶対これじゃなきゃいけないとか絶対あれじゃなきゃいけないとか、そういうのはないです。僕自身この会社が第一志望ではありませんでした。当時はバブルの最盛期で、いやあ、もう三十年近く前の話ですよ、ご存じかな？　僕は商学部だったんですけど、やっぱり銀行か証券会社に入りたかったんです。周りも皆そうでした。三十社くらい応募しましたが、僕だけ全部駄目でした。あのまたとない好景気にね。この会社には泣く泣く入社しましたが、あと十年もしたら僕も定年です。何というか、縁があったんだと思いますよ。

普段はおっとりしており、人畜無害な近所のオッサン風情の加藤だ。私はいつにない加藤の語りっぷりに驚いていた。太田だったら憲兵のように、この就活生を追い返すだけだったろう。私だったら人違いの振りをして逃げた。加藤のように、この就活生を納得させた上で帰路につかせることはできなかった。

「今回はご縁がありませんでしたが……」

我々は駅の方向へ戻る就活生を見送った。

縁か。なおも心臓をバクバクさせながら、私は加藤の口から何度も放たれた「縁」の力に圧倒されていた。その言葉だけに果たせる仕事をまざまざと目撃した心地だった。

採用活動をしていると、必ず接する言葉が「縁」だ。「縁」には物凄い説得力があり、就活に限らず世の森羅万象は全て「縁」で説明可能だ。そして、これほど因果な言葉もなかった。

私は一度も「縁」を使ったことがない。そんな採用担当は全国津々浦々私くらいじゃないか。しかし「縁」はすこぶる便利な言葉だから、つい頼りたくなる場面にも出くわす。とりわけネガティブな場面、それこそ「今回はご縁がありませんでしたが……」。「縁」の力なしに、あの状況は打破できなかっただろう。「縁」で救われるのは何も就活生だけではない。こちとら「縁」がないと、やってられないのだ。

翌朝、私が真っ先にしたことは、千人強の応募者たちに、不採用通知《お祈り》メールを送りつけることだった。十月二日である。内定者らにはとうの昔、六月一日の午前九時に「厳正なる選考の結果、貴方様を採用させていただくことが内定いたしました」なる内定通知メールを送信している。この「お祈りメール」が斯くも時機を逸しているのは、十月一日の内定式で内定者らが「入社承諾書」にサインしてからじゃないと、不採用の者らと正式に決別できないからだ。何て、卑しいのだろう。もっともこんな時期まで音信不通だったのだから、先方も不採用だったことは承知しており、逆に「内定です」と突然言われたら困るだろう。すると、こんな即ゴミ箱行きのメールは送らないほうがいいのかもしれないが、それでも私たちは、まだ送るほうが誠意ある対応だと考えていた。私は毎年送信ボタンをクリックした後、しばし放心する。

この応募者らとは、縁がなかった。頭の中で、そう唱えてみる。やはり釈然とせず、その言葉を封じた。

「縁」と口にすることにより、誤魔化される生臭さがある。「縁」により蓋をされ、丸め込まれる罪深さがある。だって、それは「縁」などではないのだ。他でもない採用担当、お前自身が、ジャッジしているんじゃないか。不完全な一介の人間にもかかわらず、私たちは閻魔《えんま》大王よろしく他者の運命をベルトコンベヤー式に決する。私たちの、否、私の判断が、思っているより深い影響を相手に与え得ること。いい影響も悪い影響もあるのだろうが、人間が人間をジャッジすることのプレッシャーは、何年経験しても、私には異物であり続けた。人間が人間をジャッジすること。本来であれば、そんなことは有り得ないのだ。昨晩のように、就活生の泣き面を見た日には、ああ、私は絶対にロクな死に方はしないだろうと腹の底から思う。それがお前の仕事だろと言われたらその通りだが、せめて私だけは、この業《ごう》から目を離すまいと思う。不完全なら不完全で、外道なら外道で構わないが、その自覚だけは持っていろということだ。そして、私は決して「何となく」で人を選びはしないと誓う。就活生は皆必死なのだ。こと就活生に関し、私は絶対にフワフワした判断はしないし、困ったら何でも「縁」に責任転嫁する物言いはしない。しないというより、とてもできないのだ。

昨晩の就活生の履歴書を見、私は天井を仰いだ。あれほどKエンジ一辺倒な人間に入社されたら、それこそ加藤のように、定年まで愚直に勤め上げる可能性が高い。なあ、貴方が不採用だったのは「縁」なんかじゃない。そんな不誠実な話ではないのだ。そこにはちゃんとした理由があり、少なくとも私は、それを貴方に説明することができる。

その就活生は、黄金比ではなかった。私は今からシュレッダーする履歴書に、自分の設計《デザイン》が完璧に機能する様を見た。

翌週、私は会社のHPに目を通し、全面的な改善の必要を認めた。本来HPは広報部の管轄のため、どうでもいいっちゃいいのだが、そうは問屋が卸さない。この旧態依然としたいかにも金を掛けてなさそうな画面は何にも勝る「会社の顔」なのだ。

同日、おらあっ、ＨＰ担当はどいつじゃあっ、とは言ってないが、私は広報部にアポなしで参上すると、啓示を受けたジャンヌ・ダルクよろしく突然やるべきことを指南した。ウチのＨＰ、ここがカッコ悪いです。ここがＭ化工とは違います。ここもっと押し出したほうがいいです。何で国内プラントの写真ばかりなんですか？　いいですよ、海外の大型案件の写真にしましょうよ。一年前でも四半世紀前でも同じ実績ですから。社員紹介も一新したほうがいいです。何なら私が人選しますよ

……登場こそテロリスト的だったが、いつしか広報部長も加わっていた。

「ええ、確かに小野さんの言う通りです。向こう三年以内に何とか直します」

「向こう三年以内っ？　いや、それじゃ遅すぎます。今この瞬間も全人類に見られてますから」

例により灯台下暗し。あらゆる宣伝媒体を一流にすると、最後に残ったのは、我々自身だった。慢性的な売り手市場である。我々こそが、学生に選ばれなければならない。スーツ屋の看板のように颯爽《さっそう》とすること。上辺だけでも理想の上司像オーラを出すこと。顔の整ったやつが欲しいなら、まずは手前《てめえ》の見てくれを整えてこいということだ。

私の顔は黄金比から程遠く、私が応募したら私自身に速攻落とされるが、言い換えれば颯爽を追求する余地なら十分にあった。私は「Ｋエンジの天海祐希」を目標に据え、第一印象の改善に努めた。就活生に接する時期は毎週末へアサロンに行き、人生で初めてスーツをオーダーメイドした。密かに社外のプレゼン講習にも通い、苦手な「喋り」を克服しようとした。再三注意されたのはプレゼンより猫背だったが。

しかし、チームである以上私の颯爽だけでは不十分だった。私が太田のスキンヘッドと口髭を牽制する趣旨の発言をしたのはこの時である。ところが「結構ビジュアルって大事なんだな」と認めた癖に、自分のビジュアルとなると「そんなの俺には関係ねえだろ」と取りつく島もない。まあ予想通りの反応ではあった。太田は昨今のスキンケアに勤《いそ》しむ男子学生を見ると「ああいう女々しいやつは絶対に落とす」と悪びれもせず豪語する。見た目に気を遣うべきは女だけだと考えているのだろう。

「わかりました。そんなにご自身のビジュアルに自信があったとは知りませんでしたよ」

加藤は意外にも協力してくれた。ボサボサだった無造作ヘアを『相棒』の右京《うきよう》を真似《まね》たオールバックに仕上げ、新調した四角い眼鏡のフレーム越しにじっと虚空を見詰めれば、おいおい、ボーッとしているだけなのに、どっかの名脇役のようじゃないか。もう少し恰幅《かつぷく》がよければ「常務です」と嘘こいても通りそうだった。

営利企業にあって、現状維持は後退である。我々の採用活動は進化を重ね、より就活生の目を惹《ひ》きつけるようになる。Kエンジの「プレゼンス」は増す。

就活生よ、もっと我が社に集まれ。もっと我が社にESを送れ。一次面接に来い。そして、私の推した黄金比の諸君。入社の暁には、とっとと辞めてくれ。

Kエンジが「東証二部落ち」したのは、それから二年後のことだ。

ある大型案件の工事が大幅に遅れ、その責任は設計図書を納めたKエンジにあった。工事の終盤になり、杭《くい》の強度に「計算間違い」が見つかったのだ。杭は「ウワモノ」ならぬ「シタモノ」も「シタモノ」だから、これがNGだとその上の構造物は全部NGになる。対外的には「遅延」だったが、実際は「一からやり直し」だった。

大地震前夜の鼠《ねずみ》のように、人が辞めに辞める波が起こった。

「今年の新卒採用は二人で頼む」

そんな決定が下されたのは、後にも先にもこの年度だけだ。従来一人だった「退職チーム」に加藤が応援で加わることになった。会社を辞めるほうは「新たな門出」とか「新天地」とか「自分の限界を試したい」とか「人生は一度きり」とか晴れ晴れしいだろうが、人が一人会社を辞める事務手続きはけっこう面倒臭い。退職するほうも去る人特有のテキトーさなのか、旧職場の人事などにはテキトーに対応するものだ。

「いや、でも二人だと……」

この決定に太田は食い下がった。

「二人だと？」

「選考が主観的になります」

私は太田を振り向いた。こいつ、いま何と言った？　それから噴き出しそうになった。

「確かに二人だと客観性を担保できんな……」

人事部長は「三人寄れば文殊《もんじゅ》の知恵」とか何とか言い出すと、太田と共に「ううん」と考え始めた。さっぱり悩みどころがわからない。そもそも「客観性」は人数に依存するものじゃない。それも千や万の話ならまだしも二か三かの話だ。私は「ご指示に従います」とばかり自席に戻った。

この退職ウェーブに乗った者は、総勢四十九人。全従業員の五パーセントに当たる。一歩一歩、この会社が破滅へ向かっていることに、思わず武者震いした。そして、その辞めた顔触れを見ると……確かに黄金比の傾向が認められる。

人事部長と太田が熱い議論を戦わせ、負けた太田が戻り、どっと不機嫌に座る。派手に舌打ちすると、周囲の同僚がビビり、私は、ゾクゾクした。もっとやれと思った。人手不足だから、職場がギスギスしている。誰もがイライラしている。そういうのは凋落《ちょうらく》の兆し「割れ窓理論」だ。人が一人会社を辞めるのは、単に「全体マイナス一」ではないのだ。

その年度の応募者は、千と少しだった。予想に反し千は割らなかったが「志望動機」を語る就活生のテンションが明らかに低調である。採用枠も三割減の四十五になり、結局もとに戻った。沈みかかっている会社らしく、コロコロ方針が変わる。

これが、一つの会社の終わるプレリュードなのだ。

Ｋエンジが事業で失敗するのは今回が初めてではなかった。「東証二部落ち」したのも遂に親会社と銀行各社から見放されたからだが、しかし、それでもゴキブリの如く上場企業であり続けたのは、さる投資会社から「支援」を受けたからだ。

その会社はＦ　Ｅ　Ｄ《フューチャー・エナジー・デベロップメント》といった。それまでＫエンジと一切取引のなかった会社だ。このＦＥＤがＫエンジの経営に介入することになった。

まず、Ｋエンジは人員整理の必要がある。典型的な悪しき「昭和の大企業」である……弊社が社史上初の「リストラ」に踏み切ったのは、そうＦＥＤに指示されたたからだ。従業員を今の八割にすることは、ＦＥＤがウン百億を出資する条件の一つだった。

翌年度、今度は私に新たな業務が加わった。

「キャリア・アドバイザーになって貰いたい」

「え？」

「小野は人を見る目があるから、部長陣の相談に乗って貰いたい」

古い会社らしく、いかなる難局でも弊社が今までリストラしてこなかったのは

「社員と、その妻子の生活を守る」ことを第一義としてきたからだ。今回のリストラでは部署ごとに切る人数が決められていた。

「でも、私はまだ経験が浅いです」

「いいんだよ、小野は人を見る目があるから。他の人にはない第六感があるでしょ？」

私は自分が卑弥呼《ひみこ》になったのかと思った。

「それに年次は関係ないよ。うちの部長陣は誰も部下を切った経験がないから。ほら、これでも読んで」

そのあと人事部長から十通あまりのメールを転送され、それらを読むと、どうやら部長陣は本当に困っているらしい。あれほど退職防止と息巻いていた数年前が、こうなると嘘のようだ。

私は言われた通り、まずは巷の指南書（『リストラの手引き～使える人・使えない人の見極め方～』ＰＴＰ出版）を開いた。

うちの部長陣は、誰も部下を切った経験がないから。

目次の「第九章・相手を傷つけない解雇の伝え方」を見ると、私は手を止めた。

うちの部長陣は、誰も部下を切った経験がない？　嘘つけ。嘘つけ嘘つけ嘘つけ。私は切られたぞ。率直に「会社の不利益になる人間」と言われ、オブラートの「オ」の字もなかった。なのに、他の部下は家族同然だもの、とてもじゃないが、俺の独断じゃあ切れないよお〜とでも言うのか。

お困りの部長陣に、早速メールで応対する。たちまち「個別面談」の予定が組まれ、そのまま会議室を予約する。

会社の不利益になる人間……嫌な動悸《どうき》が高まった。普段は努めて思い出さないようにしていることだ。面談に際し、私は一つ条件をつけた。いまリストラ候補に挙がっている部下の履歴書を送れ。もちろん顔写真入りじゃないと駄目だ。

高速でメールを打ちながら、何度も自分に言い聞かせた。これは、思ってもみないチャンスだ。私はこの会社の企業価値を、もっともっと下げる。

関根《せきね》と足立《あだち》なら関根のほうを切れ、と、私が「アドバイス」すると、財務部長は窮した。

「いや、でもね、関根は息子サンが私大に通ってるから……」

案の定というべきか「俺の独断じゃあ切れないよお～」部長陣は、優柔不断を通り越し、いったい何故こいつが部長になったの？　レベルだった。

「じゃあ足立さんにします？」

「いや、でもね、足立は娘サンがイギリスに留学してるから……」

決める気ないだろ。私は苛《いら》ついたが、これが「東証二部落ち」した企業の実態なのかもしれなかった。長年の馴れ合い仕事が身に染みついている。

写真を見ると、リストラ候補になるだけあって、どちらも全く黄金比ではなかった。事前に実物も見に行ったが、いよいよ優劣のつけようがない。もちろん私は会社に僅かでも有益なほうを切る所存だった。しかし、並みいる部員の中から選ばれたということは、どちらも大前提として、仕事はイマイチなのだ。加え、こうして部長が相談に訪れるということは、そのイマイチ度に大差はない。

あまりに財務部長が煮え切らないので、私は鎌をかけた。

「じゃあ公平に二人を切るのはどうです？」

「はあ？」

急に色めき立つ。

「そんなことできるわけないだろっ」

「個別相談」も五回目になると、こうした逆ギレも想定内だった。「キャリア・アドバイザー」というより「リストラ・インストラクター」だ。

グジグジ何も決めない財務部長に呆れつつ、私には、その懊悩《おうのう》が我がこととして理解できる。人間が人間を選び捨てるプレッシャーは、ただごとではないのだ。だから私たちには黄金比が要る。そうでもしないと人間に優劣など絶対につけられない。この評価軸が、それこそ化学式のように、あまりに明快なフィクションだったとしても、正しいか間違っているかは、ここに来るとどちらでもよかった。

なあ、財務部長サンよ。自分で選んじゃ駄目だ。自分で選んだら最後、その結果は一生お前について回るぞ。その結果を後生お前は引き受けることになるぞ。貴方も私も、それほど強くないだろ。

私にできるのは、ただ一つだ。一ミリでも黄金比に近いほうを切れ。そのほうが一ミリでも会社に不利益をもたらす可能性が高い。

時計を見ると、既に予定の三十分を過ぎた。なおも決められないなら、こう言うほかない。

「じゃあ部長ご自身が辞めたらどうです？」

一拍の後に、すかさず続けた。

「もちろん最終判断は部長ご自身です。ただ人事部として、ここは関根さんだと思います」

人事部として……要は、部長陣はこれが欲しい。後で「人事がそう言ったから」と言い逃れるために。

「わかった。人事部として、そういう判断なんだな」

そうだと請け合うと、財務部長は帰った。十中八九、これで関根のほうがバイバイになる。

私は迷わなかった。誰かのお墨つきもいらなかった。それは、そう言いたければ、強さと言ってもよかった。


リストラ対象となった百二十人の面子が固まった頃、あろうことか、ＦＥＤから私に直接連絡があった。

速やかにＦＥＤのいる会議室に向かう。Ｋエンジ本社にＦＥＤ一味が常駐するようになってからというもの、その「FED部屋」は、もっぱら「アジト」と呼ばれていた。そこに出入りする人は皆「ゴーン社長」だった。

「小野さんは以前、この案件のメンバーでしたか？」

相手はゴーン社長とは違う、その辺にいるサラリーマン風情だった。

「今ですね、この案件を洗い直してるんですよ」

私は戸惑った。てっきりリストラか新卒採用のことだと思った。

「この案件」は、茨城県Y原にパイロットプラントを建設するものだ。「世界初の」アンモニア製造プロセスを商業化にのせる試金石である。「H」のために炭化水素系ガスを用いる従来のプロセスでは「C」が排出されるから「環境フレンドリー」ではない。この新プロセスでは炭化水素系ガスの代わりに水を用い「C」が排出されないから「環境フレンドリー」というわけだ……人事の癖に、奇妙に饒舌《じょうぜつ》ではないか。当然だ、この再生エネルギー案件は私がプロセス部員だったころ一心不乱に取り組んだものだ。Boys be ambitious そのままに、まだ目がキラキラしていた新米のプロセス・エンジニアとして。

「ご承知の通り、いまY原は中断中《ホールド》でして……」

弊社の財務状況の悪化を受け、施主のT電力とM商事のＪＶ《ジョイントベンチャー》が、この案件に「待った《ストップ》」を掛けた。「世界に誇るエンジニアリング」も「社会にサステイナブルを実現する技術」も、自己資本比率が十パーセントを切ったら何の役にも立たないということだ。いっぽうＦＥＤが弊社に目をつけたのも、この案件があったからだ。Ｙ原を成功させれば弊社も何とか生き残れるだろう。

「財務状況は一時的なものです。来年か再来年には立て直せますよ。そしたらＪＶも再開の号令を掛けるはずです。それよりいま大事なのは、この案件を何としてでも受注することです」

もともとＹ原は随契《ずいけい》だったが、いまＪＶはＫエンジに代わる新たな元請業者《コントラクター》を模索している。つまり、これは競争入札になる。

「ここまで来て余所の会社に獲られるわけにはいきません。いちど内容をブラッシュアップして、こちらからＪＶにアタックするつもりなんですよ。いま社内の人員も大幅に増やして……」

私は感心した。こういう外部の手はもっぱら嫌われるが、むしろ生え抜き社員より情熱的で、真にＫエンジを立て直そうとしているかに見える。しかし、そのビンビン伝わる熱意に私は耐えられなかった。立て続けに「Y原」と聞き、嫌な動悸が高まる。一回の「Y原」で寿命が十分縮む気がする。就活生がY原Y原とアピールする時も、同じように心臓が痛んだ。Y原はもう十年来Kエンジが温めてきたもので、当初から社運の掛かった花形案件だった。

あの時「マドカちゃん」の話さえしていなければ。今ごろ私も当事者だったはずだ。

「まず小野さんに伺いたいのは、当時の設計の基《もと》になったライセンサーの……」

ゴーンが私にデスクトップを見せようとすると、それより早く、私は目を伏せた。

「あの、すごい昔のことなんで」

じっと自分の手を見た。

「何もいま即答する必要はないですよ。いちど持ち帰って、それから……」

「当時のことは、何も覚えてません。私は人事の人間ですから」

加藤の退職を知らされたのは、内定式の直後だった。

「来月から新しい人が来るから。ビジネス・グローバル……何だっけ、そういう部署の人」

私は声が裏返るほど驚いた。その内定式の場内復旧（机を畳みまくり椅子を重ねまくる）が、加藤とやった最後の仕事になった。

「小野チャンは、人と目を閉じながら話したことある？」

「え？」

何の話ですか、と、私はようやく次のパイプ椅子を重ねた。

「実は面接の時、小野チャンにじっと見られて緊張したって子が何人かいてさ」

加藤はせっせと動き続けた。

「しっかり学生と向き合おうとするのはいいことだけど、緊張で言いたいことが言えなかったり、余計なプレッシャーが掛かると学生が可哀想《かわいそう》だからさ」

そういう話か。私は続けてパイプ椅子を重ねた。緊張してもプレッシャーが掛かっても顔の寸法は変わらないから問題ない。それに、多分その頃はまだ私の目が肥えていなかったから「じっと」凝視しなければならなかったのだ。今ならそんなクレームは来ない。

「私より太田さんのほうがずっと怖いと思うけどな」

加藤は笑った。

「僕は学生がベラベラ喋ってるときソッポ向いたり目を閉じたりするよ。たまに居眠りと間違われるけど。よく人の目を見て話しなさいとか人の目を見て話を聞きなさいとかいうけど、そんなの自由にすればいいじゃん」

その後、加藤がリストラ対象だったことを知った。

一度だけ、面接中に目を閉じてみたことがある。元より私は就活生の話はさっぱり聞かないから、それだとラジオ以下のBGMになる。

と思いきや、はっと目を開けた。人は声だけになると、何て、確固としないのだろう。その存在感は幽霊のそれに近かった。何より私はこう思った。こんな大層な話、どんなツラ下げたやつがしてんだと。話の内容より姿を見せろと思った。ホラよりブツだと思った。加藤の耳は、そうは思わなかったのだろうか。

見ると、そこには自分と同じ、大したことない人間が座る。何やら口を懸命に動かしている。とても冷静になれた。

＊＊＊

こうして今年、私は採用担当十一年目になった。チームは私、太田、中村の三人で二年目になる。

「でもね、井上《いのうえ》さんは我が社にすごく熱意があるんです。電気設計の鈴木《すずき》さんの後輩でもあります。大学二年生の時からOB訪問してたんで、もう我が社のことはよく知ってるんです」

「そんなのただのポーズだろ。こいつインターンはM化工のほうに行ってんじゃん」

「それは学会の日程と被ったからです。私、ちゃんと裏を取りましたよ。ええ、本当に被ってました」

ここまで来るとお前は刑事かというところだったが、井上の合否を巡る議論はまだまだ尽きそうになかった。中村は肯定、太田は否定の立場だ。この二人はどうにも相性が悪いというか、好みが真逆で面倒臭い。

私は不思議だった。どうして皆サン、自分の思う「いい悪い」を、こうも過信できるのだろう。高が百年も生きない一介の迷える人間なのに。何の疑いもなしに自分の「いい悪い」をぶつけ合う二人が私には珍獣に見えた。

「でもさあ、学会っつっても遊びみたいなもんだろ。あれは博士に進むやつだけが熱心なんだよ」

「そんなことないです。井上さんは一年も前から準備してて、当日は英語で発表してるんですよ」

「ええっ、こいつ、エーゴできんのっ？」

ゴチャゴチャ切りがねえよ。人間などは、見た目で判断すればもう十分である。

「小野さんはどう思います？」

議論が平行線になると私にお鉢が回るのは、もう水戸黄門的な予定調和だった。

「井上さんは、通していいと思う」

黄金比だから。

最終的に、井上の合否は太田が自発的に折れた。いっけん多数決に押されたかに見えたが、真の理由は、時刻が午後十時になろうとしていたのだ。我々は明朝七時に東京ビッグサイト集合である。今年度二度目の大規模合同説明会があるのだ。多《た》摩《ま》に住んでいる太田は遠方のため、明朝の早起きが懸念されたのだと思われた。「厳正な選考の結果……」とか何とか言うが、実際の選考の場など、この程度だ。

太田はとっとと帰った。私は一次選考を突破した応募者に二次面接の案内メールを出してから帰る。中村は履歴書のファイリングと二次面接の日程調整をしてから帰る。シンと水を打ったような執務室で、中村の声が起こった。

「小野さんは、きれいな顔の学生が好きですよね」

私はメールの宛先をダブルチェックしていた。細かいユーザー名と大学のドメインを追っていた目が、その場で止まった。

「……そうかな？」

中村を振り返る。もっぱら人事部長の宣伝もあり「小野は総合的に学生を見れている」と評されてきた。事もあろうに、中村が気づくとは。

「何か小野さんの推す学生って、みんな顔が整ってる気がします」

中村は履歴書の整理中だった。合格と不合格の顔を見比べながら、自ずと気づいたのだろう。

「やっぱり見た目って、ある程度は内面を表すのかなあ？」

私は「さあ」と答えただけだった。事実ノーアイディアだったしさしたる興味もなかった。

「そういえば、このT大の子」

一枚の履歴書に目を留めた中村は、にっと笑った。

「かなり不細工でしたよね」

その一枚を、ハラリと「不合格」の箱に落とした。このT大の子。太田は推したが私と中村が却下した応募者だ。にわかに寒気を覚えた。中村が全く知らない人になった気がした。

かなり不細工でしたよね。私も、そう思った。だから当然のように、さっと目を離した。

中村は半時間後に帰った。照明が不必要なほど明るい。二階の窓から会社の正面口を見ると、夜間のことで、まず自分の顔が映った。

小野さんは、きれいな顔の学生が好き。全く中村は正しい。しかし、実際は私が好きというよりは、皆が好きなのだ。こっちが腰を抜かすほど、皆のほうが黄金比に夢中なのだ。そうだろ。

中村と思《おぼ》しき影が、正面口に出る。とうに外は真っ暗で、たちまち見えなくなった。

何年か前、あの通路に就活生が飛び出したことがあった。その就活生は泣いた。何で、こんなに忘れられないのだろう。

一直線にだけ歩く私は、きっと、酷《ひど》く無防備なのだろう。影は、いつかの時のように懇願するだけかもしれないが、そうではないかもしれなかった。あの就活生が「納得」したと、どうしてお前にわかる。

もし暗闇の中、その顔が覗けるのなら、それは「かなり不細工」だ。顔は一つではなく何百何千といる。そして、当然のように、さっと目を離すものだから、私は自分の顔を顔じゃないものに変える一閃《いっせん》に、遂《つい》に気づかないのだ。

翌朝、我々は合説の場にいた。四月の第一週である。新年度を迎え、一つ学年の上がった就活生たちは、そんなことはどうでもいいように、ぞろぞろ会場に押し寄せる。早い学生は既に一次選考を終えているが、まだ就活は始まったばかりだ。弊社のＥＳも今月末が締切である。

「私たちの技術が人類のサステナビリティに不可欠なのは……」

会社説明は中村の番だった。中村はプレゼンが達者だ。

「私たちの重要課題《マテリアリティ》は新たなエネルギーチェーンの構築と……」

十分ほど経った時、私の目は最後列に座す一人に釘《くぎ》づけになった。

何の変哲もない就活生である。が、スーツがちゃっかりアルマーニなのが異彩を放っていた。ここ数年のスーツ屋通いでビビッとわかってしまう。それに若干髪がボサボサで、ちょくちょくスマホを弄《いじ》る気配があったものの、これが三月ではなく四月の合説ならば、こういう脇の甘い就活生もいる。

当初、私の目が向いたのは、中村が、この就活生を気にする風だったからだ。何やらチラチラ注意を払っていたのだ。いっぽう中村の視線を辿《たど》った私は、今度は別の理由で、この就活生を凝視することになった。どこかで見た顔だと思ったのだ。

何だろう、このデジャヴのような感じは。その正体に思い至ったのは会場を引き揚げる頃だった。誰かを彷彿《ほうふつ》とさせると思ったら、あの顔は前にいた役員にソックリじゃないか。

私は中村に水を向けることもできた。中村さん、何かあの隅っこにいた学生がすごい気になってなかった……？　しかし、そうはしなかった。

帰りに中村がトイレに立つと、代わりに太田に訊いた。

「今日の昼前のプレゼンで、顔がすごい前の役員に似てる子いませんでした？　橋《はし》口《ぐち》役員でしたっけ？　ここに座ってた」

実際のパイプ椅子を指さす。

「そんなやついたか？」

「いたんですよ、何か丸ごと橋口役員みたいな人が。橋口役員は覚えてますよね？」

「そりゃ橋口さんは覚えてるけど……そんなやつ気づかなかったぞ」

太田はあっけらかんと答え「明日のパンフレット足りるかあ？」などと、チマチマ残数を数え始めた。あれ、私だけか？　あんなに瓜二《うりふた》つだったのに。私はいつも人の顔ばっかり見てるから、そんな無意味な気づきを得ただけなのか？

会社で調べると、橋口元役員が退職したのは五年前のことだった。五十二の時で、そろそろ社長になると目されていた頃だ。その後「東証二部落ち」し、ＦＥＤの言いなりになる運命をひとり見抜いていたのだろうか。

以後の経歴を知った私は思わずはっと周囲を窺った。橋口元役員の転職先は、経産省の某再生エネルギー部門だ。ここまではよい。驚いたのは、Ｙ原の「総責任者」が橋口元役員その人だったことだ。元より狭い業界とは言え、ここまで狭かったとは。

　またＹ原か……この会社にいる限り、それと無縁にはなれないのだろうか。一応の施主は民間だが、Ｙ原は謂《い》わば国策で、陰に陽におカミが関与している。まあ電力会社も半分は役所みたいなものだ。

　やはり、元請の選定は入札になった。が、ＦＥＤの尽力が功を奏したのか、新参の競合二社にＫエンジは競り勝っていた。つい先月のことだ。

　あの時「マドカちゃん」の話さえしていなければ……人生をやり直すために、いっそ死ねたらと思う。こうしてＹ原が遂に実現することが、思いのほか堪えた。東京ビッグサイトでにこにこガキの相手とか、いったい自分は何してんだ。

　橋口元役員の顔に最近の印象があったのは、Ｙ原の件で各種紙誌面に登場していたからだ。私は「日経ビジネス」のバックナンバーを捲り（ほら）と眉を上げた。橋口の顔は俳優のように整っている。やはり黄金比はそうじゃないより転職しやすい傾向があるのだ。五十で役員になったなら結構イイ線いってたのに、もっと「ステップアップ」したかったのだ。

写真を見ると、あのアルマーニとの似ようはいよいよ決定的だった。私はアルマーニの個人情報も調べた。あのQRコードのアンケート結果を検めたのである。私はアルマーニの来場者番号を記憶していた。

名前は「町田雄大《まちだゆうだい》」、「P大」の「四年生」、「コミュニケーションインテリジェンス学部」。入学から卒業（予定）年度が二年長く、恐らく浪人か留年か留学か健康上の理由。「会社説明の感想」は全て五段階評価の「三」。「質問・その他」は「特になし」とも書いておらず空欄。この回答から見るに、町田の弊社に対する熱意はかなり希薄だ。

私は期待が外れた。こうも顔がソックリなら親子に違いなく、橋口何某ではと勘ぐったのである。だったらスキャンダラスなことだ。事実上の発注主のトップが息子を発注先の会社に捻《ね》じ込む……発注主がお役所というのがアウトだ。しかし、全ては私の妄想だった。単なる超ソックリさんだっただけだ。弊社に応募して来る気配もなさそうだし、冷やかしだったのだろう。

忘れた頃に、町田雄大からＥＳが届いた。

ＥＳは可もなく不可もなく無難な印象だった。巷にはＥＳの添削を生業《なりわい》とする業者もいるから端から内容は何だっていいのだ。町田の一次面接は四月下旬に組み込まれた。

人事部は興信所ではない。だが、場合によってはもっと質《たち》が悪いぞ。私は職権乱用し、橋口の前妻の姓が「町田」であることを突き止めた。

弊社の重役には「緊急時連絡先リスト」の提出が義務づけられている。社内サーバーを丹念に掘り返したら、ゴミ箱フォルダーに過去のリストがあった。これで担当者は削除したつもりだったのだろう。個人情報に他ならなかったが、しれっと開封パスワードを秘書室に訊いたらあっさり教えてくれた。伊達《だて》に「人事の小野さん」を十年やっているのではないのだ。

最新版には「町田」の「ま」の字もないが、初版に遡るとそれは忽然と現れる。そこには六件の登録があり、上から実父、伯父、実母、妻、実姉、実姉と並ぶ。この「妻」に、ご丁寧にも「旧姓・町田」と注釈があった。橋口がバツイチなのは広く知られていた。

「妻」の市外局番は関西某所だ。町田の卒業した「U大付属高校」にも同地から通える。私はひとつ咳払いすると、依然として私の隣に座す福利厚生担当、今では勤続三十五年の大ベテランに、厳かに訊ねた。

「前に橋口役員っていいたじゃないですか」

「いたね」

やけに反応がいいと思ったら、何と同期だった。

「あれでしたっけ、前の奥さんとは、その、別居婚でしたっけ……？」

私が犬も食わない社内ゴシップに首を突っ込む日が来ようとは。果《は》たせるかな、勤続三十五年に知らないことはなかった。橋口元役員の最初の結婚から離婚を巡る一大叙情詩が、その後一時間にわたり語り尽くされた。

二人は親子関係だろうか。なるほど、橋口はとうにKエンジの人間ではなく、それも「町田雄大」とは今や実質的には親子の間柄ではないのかもしれないが、仮に町田が晴れて入社したら、これはコンプラに抵触というか、発注者と受注者の関係として如何《いかが》なものだろう。JVの意向はこれ即ち橋口の意向である。

弊社の企業倫理が問われる場面だ。状況証拠に過ぎないとは言え、ならば人事部長に相談すべきだったが、しかし、冷静になれば、アワアワしているのは私だけかもしれなかった。今回はたまたま両者が瓜二つだったたから、たまたま私の目に留まったに過ぎない。顔の似てない親子もゴマンといる。

私の知らないところで、こうした裏採用はしばしばあったのではないか……？

中村は、私の前に座す。今しも紙コップのコーヒーを引っ繰り返し、資料をベチャベチャにしながら「あー、パソコンは無事だ」と安堵するその姿に、私の確信は深度を極めた。

こいつも裏採用なんじゃないか。

どう考えても中村は出世コースに乗るような人間じゃないし、端から幹部候補なのが日本七不思議だったが、これが忖度ありきなら納得できる。何よりあの合説の日、中村が町田に向けた不可解な視線。中村は自分が裏採用だから、後続の裏採用にも手を貸すのではないか？　どの系譜に連なるどの縁故なのかは知らないが、きっと社内にはそうしたフリーメイソンじみた秘密結社がある。考えてみれば「選考に関する資料一切は選考後一年以内に破棄する」ルールにしても、随分せっかちな話ではないか。

好奇心は猫を殺すらしい。私は猫じゃないからたぶん大丈夫だろう。

終業後、普段利用しない駅で下車すると、四半世紀振りに電話ボックスに入った。十円玉がないことに気づき、急ぎコンビニで釣銭を貰った。「緊急時連絡先リスト」にあった番号で、町田宅に掛けてみる。

「はい、町田でございます」

繫《つな》がっちゃったよ。直感で、お手伝いサン的な人だと思った。これって犯罪なのか？　と、訝《いぶか》りながら、嘘の身許を明かし「町田理香子《りかこ》様は御在宅でしょうか？」と訊ねた。

一分後に当人が出た。

「お待たせしました、町田でございます」

上品な声。関西方面のイントネーションだったが、私には何弁なのかわからなかった。

「Kエンジニアリングの方でしょうか？」

電話口の声からは、心当たりがあるようにもないようにも聞こえる。この人は、一体どういう顔なのだろう。黄金比だろうか、そうじゃないだろうか。ひとつ生唾を飲んだ。

一息に言った。

「この度は夜分に誠に恐れ入ります。私《わたくし》Ｋエンジニアリングで採用担当をしております佐藤《さとう》と申します。本日弊社で会社説明会を実施したところ、携帯電話の落とし物がありました。会場に忘れたことに気づいたらご本人から着信があるかもしれませんので、誠に勝手ながら、その携帯電話の画面を確認させていただいたところ、ロック画面の待ち受けが、Ｐ大学のキャンパスだったんですよ。ええ、あの大きな噴水です。本日の学生様の中で、Ｐ大学にご在籍されているのは町田様だけでしたので、出過ぎた真似とは思いつつ、こうしてお電話さし上げた次第です。ええ、弊社を志望される学生様には任意で緊急連絡先も伺っております」

潜水する前のような長い息継ぎ。

「改めまして、この度は出過ぎた真似をしておりますが、昨今スマホは財布以上に重要ですから。時期的に町田様の就職活動に支障をきたす恐れもありますので、お心当たりがあれば、お母様からご確認いただきたいと思いまして」

「まあ、そうなんですか？　もう、ユウちゃんったら」

　理香子は呆気なく口走った。

「今時スマホを落とすなんて、不用心この上ないことです。わざわざご連絡いただいて、どうもありがとうございます。あの子、いつもボーッとしてるんだから。私から息子に連絡しますので、ええ、あの子の家には固定電話もありますから、どうか、もうしばらく保管しておいていただけます？」

「承知いたしました。念のため確認ですが、お名前は……マチダ、ユウダイ様ですよね？」

「ええ、町田雄大です」

「オスの『雄』に、大きいの『大』ですね？」

「その通りです」

　決まった。あいつは、橋口元役員の御曹司だ。

　受話器を戻し、ひとしきり放心する。問われるがまま、あっさり子のフルネームを吐いた親。「不用心この上ない」とは言うが、貴方のほうが、よっぽど情報意識が低い。

これがコネ採用か。現実を目の当たりにすると、その人間臭さにようやく私は白けた。何でわざわざそんなことするのだろう。それほど雄大が不出来だから？　弊社が来年は東証「プライム」になれるかもしれないから？　就活それ自体がかったるかったから？　一番の理由はどれでもない気がした。私は自分の子供の可愛さを知らない。だから、それこそ妄想になるが、それは、ひたむきな愛情だと思った。自分の愛する者が守られ得するのが当然の、ズルいもセコいもないただ一心な気持ちだと。電話口からそういう有無を言わせぬ力がひしひしと伝わった。私は電話ボックスを出た。

駅前に戻る。ありふれた界隈《かいわい》が異国のように酷く目新しく映る。スキャンダルを抱える気負いに足が速くなったり遅くなったりする。

これが明るみに出れば、誰もがY原をKエンジが獲った根拠を疑う。そもそも弊社は最安ではなかったと聞く。加え財務状況がイマイチと来て、なぜライバルたちを出し抜けたのか不思議だったが、今更のように、FEDのことが頭に浮かんだ。余所の会社に獲られるわけにはいきません……やつら、何でもしそうな危うさがあった。「ロビー活動」とか称し「獲る」ためなら何でもやってしまいそうな。虫唾《むしず》が走った。曲がりなりにも「世界をリードするエンジニア集団」なら、自前の技術と額面の数字で勝負しろと思った。

赤信号で、夜空を仰いだ。都心の空に瞬く星はない。上空は曇っているのかもしれなかった。それか、単に私の目が節穴なのだ。

相手が就活生にしろコントラクターにしろ、生身の人間に真っ当な判断は無理だ。それは思った以上に私たちから遠い場所にある。しかし、生身でも丸腰でなければ真っ当な判断はできる。数字を持つことだ。そして、その使い方を情熱的に考えることだ。

はっとすると、青信号が点滅していた。

四月も下旬になると、一次面接は終盤を迎える。最盛期は一組五人のパンパンだったが、この時期になると一組三人も珍しくなかった。

町田は合説の時とは違う、ヨレヨレのアルマーニだった。

「弊社を志望する理由は何でしょう？」

「えっと……この会社の技術力に、興味を持ったからです」

「なるほどなるほど」

激しく同意する中村。

「他の会社にも応募されていますか？」

「えっと……この会社が第一希望です」

町田の回答は無気力を極め、その面接官と目を合わすことすら疎む態度は却って新鮮とも言えた。

「学業以外で何か熱心に取り組んでいることはありますか？」

「いや、別に……」

ハイ終了とばかり、太田が次の学生に質問しようとすると、中村がそれを遮った。

「アルバイトなどはいかがでしょう？」

完全にクロだろ。中村が気に入った学生を質問攻めにするのは通常運転だが、それが町田のようなやつとは前代未聞だった。

Kエンジは選考にお越しになった皆サマに無条件で交通費ならびに宿泊費を支給する、誠に良心的な会社だ。「関東圏は駄目」とか「支給は三千円以上から」といったケチ臭いことは言わない。一次面接の後、控室に戻った応募者らには精算作業が待っている。

この場に乗じ、私は一発やらかした。町田の封筒からわざと五百円玉を抜いたのだ。町田は都内の一人暮らしのため、交通費は往復六百四十円だった。

結構ハラハラしたが、町田は金額の不足に気づいた。小さな声で「あれ、五百円……」耳ざとく反応すると、私は家臣のように町田に駆け寄り、丁重に不手際を詫《わ》びてから、しばし待機するよう伝えた。

同じ組の二人を見送ると、間髪を入れず、いきなり控室のドアを開けた。秀吉《ひでよし》の中国大返しレベルの迅速さに、町田はぎょっとスマホから目を上げた。

「大変失礼しました。今一度ご確認下さい」

町田は領収書にサインすると、さっさと立ち上がった。私は出し抜けに訊いた。

「町田さんは、弊社に知人の方などおられますか？」

「ちっ……」

突如、町田が振り向いた。

「知人の方と、言いますとっ？」

動揺し過ぎだろ。従前のアナーキーボーイはどこへやら、町田はたちまち余裕を失った。こうも露骨に狼狽《うろた》えるのは、それだけバレないことに自信があったからか。名字が違えば誰にも気づかれないと思ったか。残念ながら、人間の顔はオナマエなどより何十倍も雄弁である。

ここは、思い切り吹っ掛けることにした。

「例えば身内の方に弊社の従業員がいたとか。けっこう学生サマの中にはいらっしゃるんですよ。本日町田さんは初めて弊社にお越しになったとのことですが、とても落ち着いてらしたので」

完璧に微笑む。かたや町田の顔は引き攣《つ》った。

「ぼっ、僕には別に、そういう人はいませんっ」

えっ、こいつ白を切った……割と度胸あるなと感じた。どうやらこの裏採用は、当人らにも後ろめたい行為として認知されているらしい。

エレベーターの前に向かいながら、町田の次の発言を待つ。あの、このまえ実家に変な電話があったんですけど……町田サンよ、その裏取りはしないのか。逆にママから口止めされているのか。それともママから何も聞いていないのか。事実、あのニセ電話に後日談はなかった。何らかの追及があってもよさそうなものだったが、今日《こんにち》まで不穏な沈黙は続いた。今の私と町田のように。

町田は何も言わず、エレベーターを待った。

「町田さん、Y原って案件ご存じですか？」

「えっ？」

「新しいアンモニアのパイロットプラントですよ」

私は吃驚した。自分の訊いていることに。自分からY原の話を人に振るとは。

「え、知らないです、いや、知ってます、はい、聞いたことはあります」

どっちやねん。私は腕を伸ばし、エレベーターの扉が閉まらぬよう押さえた。私も就活生だった頃は、こうしてギクシャクエレベーターに乗り込んだのだろう。

「あ、あれですよね、その、すごいやつですよね、新技術の」

「実はね、あのプラントの排水量は、私が計算したんですよ。排水溝の寸法を決めるためにね。まあ排水量なんかはプラントの小便みたいなもんなんで、何だっていいっちゃいいんですけどね、結局は雨水の量が支配的だったし。ええ、新技術には何ら関係ないっすよ」

私が早口にボソッと述べると、町田は反応に窮し、そのまま扉は閉まった。しまった「気をつけてお帰り下さい」を言えなかった。しかし、そんなことはどうでもよかった。急に目頭が熱く、長い土砂降りの光景が浮かんだ。


「選抜会議」は午後七時に始まった。

「町田さんは通しましょう。明るい人柄がとてもよかったと思います。充実した学生生活を送っているようですし」

案の定、中村は町田を絶賛した。

「そんなに明るい人だったかな？　大人しい印象だったけど」

「そ、そうですか？」

珍しい私からの指摘に中村は不意打ちを食らったようだった。

「グループディスカッションでも一言も喋らなかったよね？　三人だけだったのに」

「それは協調性があったからです。ひたすら自分が喋る学生よりずっと将来性があります」

「課外活動も目立った話はなかったよね？　あのすぐに辞めた家庭教師だけでしょ？」

「いや、効率的かつ熱心に指導したからすぐに生徒の成績が伸びたんです。すぐに結果が出たから一か月で終わったんです」

「俺も町田はいらないと思う」

　これも案の定、太田は否定派だ。Ｐ大は高学歴じゃない。

「ああいうナヨナヨしたやつはウチじゃ使えないよ」

「いや、そんなことないです。我が社が第一志望って、ハッキリ言ってたじゃないですか。他の学生とは違って全然ウソ臭さがなかったです。もう自分が我が社の一員になるってことを、しっかりイメージできてるんですよ」

　そりゃそうだ。劣勢になるや、中村は必死になった。こうなったら「三十分以上は多数決」も吹っ飛ばし、町田が「合」になるまで永久に食い下がるに違いない。もしかしたらそのためにこそ、中村は異動してきた可能性すらあった。

　いま、いきなり「スキャンダル」を発表したら、どうなるだろう……中村はやはり、白を切るだろうか。太田は間違いなく反発するだろう。私と同様、縁故も糞《くそ》もなく、誰からも忖度されず、況《いわ》んやフリーメイソンの一員でもない太田だ。俺の目が黒いうちは裏採用など言語道断……太田の義憤が爆発するのは火を見るより明らかだった。

本件が白日の下に晒《さら》されたら、Ｋエンジは再び火達磨《ひだるま》になる。「マドカちゃん」の時とは比べ物にならない事態になるだろう。弊社だけじゃない。ＦＥＤも彼の省庁もだ。最悪「Ｙ原」は白紙に返る。

死ぬほどゾクゾクした。

町田の合否は一時保留に、次の応募者に移った。

夜の窓に、自分の顔が映る。知らず、そのまま目を閉じてみる。後悔しないだろうか。絶対にするだろうな。心臓に手を当てると、自分でも吃驚するほど脈打っていた。

はじめ、私は舞い上がったはずだ。この会社のアキレス腱《けん》を摑み、勝ったと思った。これは、私の十年来の復讐に報いるダイナマイトだと。十年前、私は「会社の不利益になる人間」と言われた。一日とて忘れたことはない。私は人事に異動となった時に、辞めてもよかったのだ。だが、そう言われたからには死んでも辞めてやるかと思った。

太田がトイレに立つと、私は口火を切った。

「中村さ」

「何でしょう」

「さっきの町田さん、最初から知ってたでしょ」

中村の目が、ぎょっと見開いた。

「なっ、何でです？」

「Y原と一緒に受注したんだね」

中村は絶句した。私を千里眼の持ち主くらいには思ったか。「他の人にはない第六感がある」とでも。そう思いたければ勝手に思えばいい。

「それはFEDが……」

中村は何か言いかけたが、そのとき三百グラムほど軽くなった太田が戻り、議論再開となった。やはりFEDの「ロビー活動」か。やつら、所詮は投資会社だ。そういう時運まかせのゲームなら、余所でエンジョイして欲しい。

午後八時半に、賛否両論の町田に戻った。

この千載一遇のチャンスを、私は棒に振ろうとしている。けれど、この会社の没落は偶然の産物ではない。それは私のデザインが果たすことだ。ラッキーは嬉しい。

だが、ラッキーに飛びつくのはエンジニアじゃない。

町田の顔は、完璧な黄金比である。

「町田さんは、通していいと思う」

確然と述べた。後日内定式で町田と再会したら、互いに気まずくなるだろう。その時は、そうだ「縁」を使おうと思った。「ご縁がありましたね」と、白々しく言おう。この一言で、全てを有耶無耶にするのだ。願わくは、それが私の発する最初で最後の「縁」であればいい。

初 出

「すばる」2022年8月号

単行本化にあたり、加筆・修正を行いました。

なお、本作品はフィクションであり、

人物、事象、団体等を事実として

描写・表現したものではありません。

装丁・装画
鈴木千佳子

石田夏穂

（いしだ・かほ）

1991年埼玉県生まれ。

東京工業大学工学部卒。

2021年「我が友、スミス」が

第45回すばる文学賞佳作となり、デビュー。

同作は第166回芥川龍之介賞候補にもなる。

他の著書に『ケチる貴方』がある。

黄《おう》金《ごん》比《ひ》の縁《えん》

2023年6月10日　第1刷発行

著　者　石《い》田《し》夏《だ》穂《か》

発行者　樋口尚也

発行所　株式会社集英社

〒101-8050

東京都千代田区一ツ橋2-5-10

電話　03-3230-6100（編集部）

03-3230-6080（読者係）

03-3230-6393（販売部）書店専用

印刷所　大日本印刷株式会社

製本所　株式会社ブックアート

 ISBN978-4-08-771831-7 C0093

集英社・石田夏穂の本

『我が友、スミス』

「別の生き物になりたい」

筋トレに励む会社員・U野は、Gジムで自己流のトレーニングをしていたところ、O島からボディ・ビル大会への出場を勧められ、本格的な筋トレと食事管理を始める。しかし、大会で結果を残すためには筋肉のみならず「女らしさ」も鍛えなければならなかった――。鍛錬の甲斐あって身体は仕上がっていくが、職場では彼氏ができてダイエットをしていると思われ、母からは「ムキムキにならないでよ」と心無い言葉をかけられる。大会当日、彼女が決勝の舞台で取った行動とは？世の常識に疑問を投げかける衝撃のデビュー作。第45回すばる文学賞佳作。第166回芥川龍之介賞候補作。

集英社の文芸単行本

『ミーツ・ザ・ワールド』
金原ひとみ

死にたいキャバ嬢×推したい腐女子。

焼肉擬人化漫画「ミート・イズ・マイン」をこよなく愛する腐女子の由嘉里は、人生二度目の合コン帰り、酔い潰れていた夜の新宿・歌舞伎町で、美しいキャバ嬢・ライと出会う。希死念慮を抱え、「私はこの世界から消えなきゃいけない」と語るライ。偶然の出会いから彼女と一緒に暮らすことになり、由嘉里の世界の新たな扉が開いていく。推しへの愛と三次元の恋。世間の常識を軽やかに飛び越え、幸せを求める気持ちが向かう先は――。金原ひとみが描く恋愛の新境地。第35回柴田錬三郎賞受賞作。